立命館大学京都文化講座
京都に学ぶ ③

京の荘厳《しょうごん》と雅《みやび》

立命館大学文学部 京都文化講座委員会

白川書院

立命館大学京都文化講座

京都に学ぶ③

京の荘厳《しょうごん》と雅《みやび》

003 はじめに――コーディネーター　瀧本和成（文学部・教授）

004 第1章◆源氏物語の「雅」――中西健治（文学部・教授）

020 第2章◆天皇即位と密教――松本郁代（横浜市立大学・准教授）

040 第3章◆京の雅言《みやびごと》―京都の言葉が周囲に広がる―――彦坂佳宣（文学部・教授）

056 第4章◆京都と歌舞伎―坂田藤十郎の時代―――赤間　亮（文学部・教授）

074 第5章◆夏目漱石と〈京都〉――瀧本和成（文学部・教授）

092 第6章◆日本画にみる京の雅――島田康寛（文学部・特別招聘教授）

はじめに

〈京都〉は、平安以後近現代に至るまで日本文芸創成の場であり、文学（作品）の宝庫であり続けてきました。『源氏物語』『枕草子』『平家物語』から『高瀬舟』『檸檬』『古都』『金閣寺』等々に見られるように数々の文学作品（名作）の舞台となり、また同時に多くの文人たちの棲家（生活の場）でもありました。文芸生成の〈場〉としての〈京都〉、作品の舞台としての〈京都〉、文人たちの〈住〉としての〈京都〉などさまざまな視点から文化・芸術空間〈京都〉を考察し、意味づけて行きたいと考えます。特にここでは〈京都〉という地で長い年月をかけて育み培った文化、その中で特に仏教（寺院）やそれらと関係深い僧侶、貴族階層の人たちが生み出した文芸とその様式に照明を当て、平安から中世、近世を経て、近現代まで脈々と続く儀礼や京言葉など雅言が織りなす文学や芸能の優美な世界を能や歌舞伎、映像空間にまで広げて、歴史や時代状況を視野に入れつつ、分かりやすく解き明かします。

文学部教授　瀧本和成

第1章◆源氏物語の「雅」

文学部日本文学専攻・教授
中西健治

一九四八年、兵庫県生まれ。一九七六年、立命館大学大学院文学研究科修了。一九七一年より兵庫県立高等学校。相愛大学人文学部を経て二〇〇四年より立命館大学文学部教授。博士（文学）。著書に『浜松中納言物語の研究』（大学堂書店、一九八三）『浜松中納言物語全注釈　上・下』（和泉書院、二〇〇五）『浜松中納言物語論考』（和泉書院、二〇〇六）など。

一．はじめに――「千年紀」をめぐって――

「源氏物語千年紀」とは言うものの、それでは「枕草子千年紀」はいつあったのであろうか。『枕草子』は『源氏物語』に先立って成立しているはずであるから、『源氏物語』と並ぶ平安文学の代表作の『枕草子』にも「千年紀」があってしかるべきなのに、およそその気配もなかったようである。瞬間に感性が輝いて意表を突く短い話の集積である『枕草子』に対して、一語一語が奥深いところに浸透し読者の心を鷲掴《わしづか》みにして放さないような長編である『源氏物語』との、両作品の持っている特性の相違なのかもしれないとも思われる。かつて二〇〇〇年を迎えたのを機に「清少納言顕彰会」から池田亀鑑氏の著書『清少納言』

が三十三年ぶりに復刊され、その復刊に際して付された「あとがき」に次のように記されている。

清少納言には、寺もなく墓もなく、しかも像もありません。清少納言に対しての、淋しい今日の現状は許されないことです。女性の自立と自己実現を完遂し、「子どもの思考力」と「美意識」、「をかし」を発見し、創造し、人間と生涯の形成的評価を主張する清少納言の愛の一生を、今こそ世界中に伝達する時です。

いささか力の入りすぎた言葉のようであるが、続いて「新しい世紀の幕開け二〇〇〇年は枕草子成立満一〇〇〇年にあたります」という、今日の「源氏物語千年紀」を先取りするような文言のあること、その背後に滲む『枕草子』への熱意、清少納言への思い入れが千年という記念の節目の重さによって鮮やかに甦ることに、何とも共鳴させられるのは私一人ではあるまい。また、この勢いは今日の『源氏物語』の記念の年にも適用するように思われてもくるのである。

「千年紀」はこれだけではない。実は『源氏物語』を読んだという最古の記録がある『更級日記《さらしな》』の作者の生誕千年紀でもある。『源氏物語』への憧憬を幼い心に芽生えさせ、十三歳で父の任地であった上総《かずさ》国を離れるのに伴われて京へ戻り、翌、治安元年（一〇二一）、十四歳の時、「をばなる人」から「源氏物語五十余巻、櫃に入りながら」受け取った。この日以後の『源氏物語』耽読の姿はよく知られている通り、まさに「后の位も何にかはせむ」というありさまであった。さらにわれわれが注意していいのは、その女の子が成人の後にいくつかの興味ある物語を執筆していたらしいことである。この説の出所は藤原定家自筆本の『更級日記』の仮名奥書によるものである。定家は孝標女《たかすえのむすめ》が『浜松中納言物語』や『夜の寝覚』、

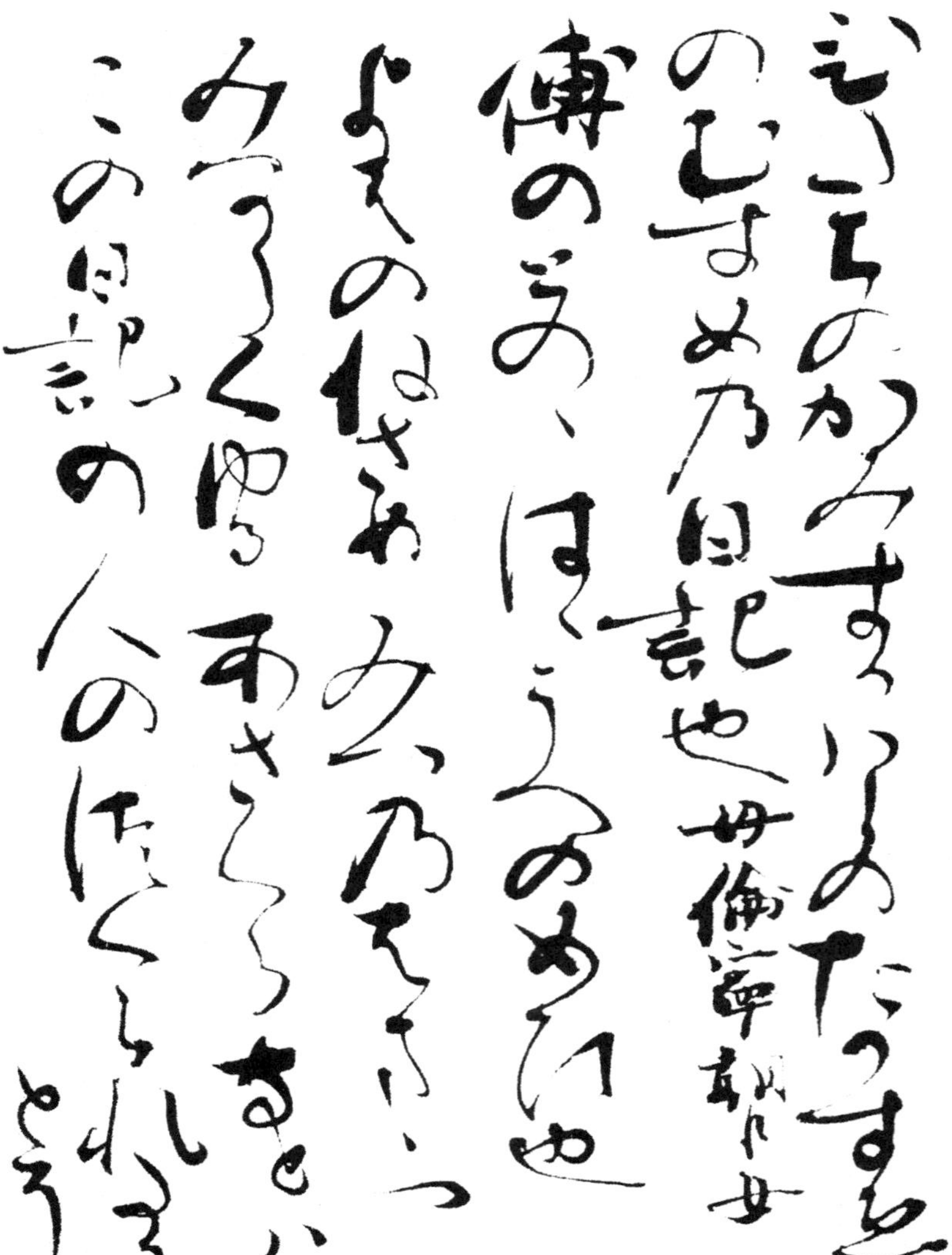

ひたちのかみすかはらのたかすゑ
のむすめ乃日記也母倫寧朝臣女
傳のとのゝはゝうへのめひ也
よはのねさめみつ乃はまゝつ
みつからくゆるあさくらなとは
この日記の人のつくられたるとそ

図１　定家自筆本『更級日記』仮名奥書

さらには今日名のみの物語である『自らくゆる』や『朝倉』という物語を書いたという伝承があると書き留めた。定家はこの伝承に真っ向から否定する気配はなく、むしろ書きぶりを見る限りでは伝承を肯定するような筆勢にも思える。これを仮に受け入れるとすれば、それはそれでまた嬉しくなるようなことである。あの「源氏物語読みたい症候群」の典型的少女であった菅原孝標女が生まれたのも、今から千年前の寛弘五年だったからである。すなわち「源氏物語千年紀」はまた「孝標女生誕千年紀」とも称すべき記念の年でもあることをも合わせて記憶しておきたいと思う。その意味でも「源氏物語千年紀」は文学史上にも大きな楔《くさび》となるべき時と言ってもよさそうである。

二、源氏物語の一場面から

「源氏物語千年紀」に関連した書籍や雑誌などは例年よりも多く出版されている。今、たまたま手にした扶桑社ムック「とっておき京都・十一号」は表紙に大きく「『源氏物語』にひたる」とあって、多くの著名人の原稿と美しい写真を多数載せている。その中に「エッセイ・私と源氏物語」のコーナーには二十数名の随筆が掲載されている。「源氏物語千年紀」呼びかけ人の一人である京都造形芸術大学名誉学長の芳賀徹氏が「夕映えのなかの恋」と題する一文を寄せている。芳賀氏は『源氏物語』夕顔巻で夕映えのなかで源氏と夕顔が互いに黙って見つめ合うシーンをアーサー・ウエーリが鮮やかに訳していることに触れ、その基調をなす「夕映え」の語に特に注目され、例の若菜上巻の六条院での蹴鞠《けまり》の場面を引用されて次のように述べておられる。

庭の木立にさまざまな花が咲きそめるなかで、若君たちがそれぞれの身じたくでにぎやかに遊び始める姿が、夕明かりに映えていかにも美しいという。その遊びのさなかに、御殿の一室の御簾のかげから大小の猫が飛び出してきて、猫につけられた紐が御簾をかかげてしまい、その奥に柏木は源氏の妻、女三宮の愛らしい姿を垣間見てしまう。これも忘れがたくあざやかな愛の情景である。いくつもの源氏絵に描かれて有名な一景だが、この蹴鞠の場の「夕ばえ」や「夕影」の効果は、やはりどんな絵にも映画にも描きつくせない紫式部の文章の美しさを伝えている。

芳賀氏の指摘される『源氏物語』での場面を原文で示せば以下の通りである。「夕映え」「夕かげ」に注目した先学の論考もあることは承知しているが、私もこの箇所が『源氏物語』の「雅（みやび）」を説明するのに最も適している場面の一つと思っているので、いささか長い引用だが掲げておきたい。

三月《やよひ》ばかりの空うららかなる日、六条院に、兵部卿宮衛門督など参りたまへり。大殿出でたまひて、御物語などしたまふ。（中略）大将《だいしょう》も督《かむ》の君も、みな下りたまひてえならぬ花の蔭にさまよひたまふ。夕映えいときよげなり。をさをさ、さまよく静かならぬ乱れ事なめれど、所がら人がらなりけり。（中略）

いと労《らう》ある心ばへども見えて、数多くなりゆくに、上臈《じやうらふ》も乱れて、冠《かうぶり》の額《ひたひ》すこしくつろぎたり。大将の君も、御位のほど思ふこそ例ならぬ乱りがはしさかなとおぼゆれ、見る目は人よりけに若くをかしげにて、桜の直衣《なほし》のやや萎《な》えたるに、指貫《さしぬき》の裾つ方すこしふくみて、けしきばかり引き上げたまへり。軽々《かろがろ》しうも見えず。ものきよげなるうちとけ姿に、花の雪のやうに降りかかれば、うち見上げ

図２　承応版『源氏物語』若菜上の挿絵

て、しをれたる枝すこし押し折りて、御階《みはし》の中の階《しな》のほどにゐたまひぬ。督の君つづきて、「花乱りがはしく散るめりや。桜は避《よ》きてこそ」などのたまひつつ、宮の御前《おまへ》の方を後目《しりめ》に見れば、例のことにをさまらぬけはひどもして、色々こぼれ出でたる御簾《みす》のつまづま透影《すきかげ》など、春の手向《たむけ》の幣袋《ぬさぶくろ》にやとおぼゆ。
（「若菜上」・日本古典文学全集④一二八～一三一ページ。以下、『源氏物語』は本書による）

「宮」とは女三宮。宮の居所は寝殿の西側にある。「御階の中の階のほど」に座しているのは若公達《きんだち》で、その中に柏木がいた。蹴鞠の面白さに惹かれ若公達もこれに加わり、次第に熱中していった。夕霧がまず階段の中ほどにお座りになり、続いて柏木が、御簾の中を気にしながら休もうとした、その瞬間にある事態に遭遇するのである。小さな唐猫が御簾の端を押し開けた、女人の姿をかすかに見せたのである。どのような角度でどのように柏木が女三宮をうかがったのか、古注釈も判然としない。絵画にされる格好の場面ではあるものの、多くの画家がそれぞれの心象で描いているところである。室町期の注釈書である『岷江入楚《みんごうにっそ》』には「いさゝか心得かたき様也、猶思案有へし　此一段未案得也　重可述」という具体的場面のわかりにくさに言及する説明を施した後、重ねて「此さし図如何　只右衛門督のかたへよくみゆるやうにかけり」という注を引いて落ち着かせている（『源氏物語古註釈叢刊・岷江入楚』③三一〇ページ）ように、詳細な配置はむしろ読者の理解に委ねられていると言えよう。要は、朝日のように東から勢いよく射し込む光ではなく、「三月ばかりの空うららかなる日」の暮れようとする時、花の香を漂わせている柔らかな陽射しが西の方から女三宮を浮かびあがらせたのではないか、とのみ今は解釈しておきたい。

私は若菜上巻のこの文章に出くわすたびに思い出す光景がある。それはかつて、浄土寺に参詣した時のことである。播磨国にある浄土寺（兵庫県小野市）は鎌倉時代、建久年間（一一九二〜九七）に東大寺の再建費用をまかなう拠点として重源上人が建立した寺である。境内の浄土堂には大仏が三体納められている。五メートル以上もある阿弥陀立像（国宝）と四メートル弱の両脇侍（国宝）が祀られている。堂内の構造は仏像以外の付属物はまったくなく、内部は柱が四本のみあって、ただ参拝者と仏像だけが対面するような仕組みになっているのである。天井には朱塗りの梁が見え、そこから柱が放射線状に張り巡らされているために像を見上げるような姿勢になってしまう。ちょうど陽は西に傾きかけた時であった。像の西背面は蔀戸《しとみど》になっていて、西日を背にして礼拝する人を浄土へ導くという構造になっていることも知らずにただただ突っ立っていた。そこに鮮やかな西日である。阿弥陀仏からの鮮やかな後光とも言うべき光があたりを包んでしまった。感動的な瞬間に遭遇しているのだと感じ、慄然とした感触が背筋を駆け抜けた。

図３　兵庫県小野市　浄土寺阿弥陀堂

西方の瀬戸内海を心の中に遠く望みながら仏像に対し、黄金に染まりゆく堂内と浮かびあがる阿弥陀三尊の姿こそ、まさに浄土の光景そのものであり、そこに居合わせ合掌している私はまさに極楽浄土の住人であったのだ。西方浄土が現出していたのである。その時のささやかな経験とこの若菜上巻の御簾から垣間見えた女三宮の立ち姿を見る柏木の思いを、いつも重ねて読んでしまっていることに気づくのである。

柏木は確かに女三宮を「いとおいらかにて、若くうつくしの人や」と見て、「胸ふとふたがりて、誰ばかりにかはあらん、ここらの中にしるき袿姿よりも人に紛るべくもあらざりつる御けはひ」と心深く刻みつけ、そしてやがて奈落への長い道を突き進んでいくことになるのであった。

三．「夕映え」の心象

今『源氏物語』に見える「夕映え」の九例のうち、人物に関わる四例を列挙しておこう。

A　たとしへなく静かなる夕べの空をながめたまひて、奥の方は暗うものむつかしと、女は思ひたれば、端の簾を上げて添ひ臥したまへり。夕ばへ見かはして、女もかかるありさまを思ひの外にあやしき心地しながら、（「夕顔」・①二三七ページ）

（＊夕方の薄明かりの中で光源氏と夕顔が互いに見交わす場面）

B　柱に寄りゐたまへる夕映えいとめでたし。（「薄雲」・②四四九ページ）

（＊源氏、二条院に退出した斎宮にそれとなく恋情を訴える場面）

C　若菜上巻の例（右に引用）

D　若き人々のうちとけたる姿ども夕映えをかしう見ゆ。（「竹河」・⑤七十三ページ）

（＊桜花の下、少将、姫君たちの囲碁を垣間見る。若い女房たちのくつろいだ姿が夕映えの薄明かりに映えて美しく見えている場面）

人物以外の用例は、「咲き乱れたる夕映え」（「常夏」）、「八重山吹の咲き乱れたる盛りに露のかかれる夕映え」（「野分」）、「藤山吹のおもしろき夕映え」（「真木柱」）、「前栽の花ども、虫の音しげき野辺と乱れたる夕映え」（「横笛」）、「御前の撫子の夕映え」（「幻」）とあるように、目に映る草花の光景を描いている。これらの草花は今こそ美しく咲き誇ってはいるものの、やがては凋落が確かに訪れる、その直前の危うい美しさの中にあるという表現に用いられており、印象としては日没前の一瞬の輝きを捉えているところに共通点が見出せるようである。『時代別国語大辞典・室町編』には「ゆふばえ」の項があり、「夕日に照らされて、花など自然の景物がいちだんと美しく見えること。歌語。」とあり、用例の後に再び、「詩歌語」として、「花のように一段と見事に美しく見えること」と説明する『日葡辞書』の説明を加えている。命短い花なればこそ、その瞬間の生の美は輝くものであることは、われわれも経験的に知っていることではないか。「夕映え」はこれよりも用例の多い「夕かげ」と合わせて検討することが望ましいのであろうが、今は「夕映え」にのみ焦点を当てておきたいと思う。

「夕映え」が何故に「みやび」と関わりがあるのかを考えねばならないが、先に触れたように、美を体現している花が夕日に浮かびあがる光景と、やがて衰える美に関わっているのではないかと思われる。ABCDいずれも、やがて滅び去る、あるいは崩れ去る前の生命の一瞬のきらめきを描きあげているように見えるのである。Aはなにがしの院での夕顔の死、Bは光源氏の斎宮に失恋していく姿、Dは春の夕方、二人の姫君が亡き父髭黒を偲んで語り合う場面、例の国宝「源氏物語絵巻」竹河（二）の名場面を、それぞれ描いている。Dこそまさに一般的にいう「みやび」そのものの描写ではないかとも思われる。物語のなかでは大君・中君姉妹が中心なのに、絵巻の構図から言えば右方に描かれ、女房装束の二人が正面に大きく、しかも色彩鮮やかに描かれているのである。

ここで自分自身の研究対象としている『浜松中納言物語』での用例を持ち出して補足しておきたい。拙著『浜松中納言物語全注釈』では巻三の「夕暮れ、中納言、吉野尼君としみじみと話す」の条、中納言が吉野へ赴き、唐后の母君である吉野尼君に対面するところの文言「うちながめわたい給ふ夕映え」について次のように注している。

あたりを物思い深く眺めなさる中納言の夕日に浮かび上がる美しい姿は。浜松に三例ある「夕映え」はいずれも夕日の薄明りの中にくっきり映える中納言の美しさを表現するのに用いられている。狭衣物語もほとんど（五例中四例）主人公の姿を描く場面に用いられている。源氏物語その他の用例については中野幸一氏（『物語文学論攷』）や清水好子氏（「国文学」昭和四十三年五月号）の考察がある。中野氏は「夕暮れの薄明りに一きわはえる」意に解することの妥当性を論証されている。

（五九三・五九四ページ）

また、同じく巻三の「中納言の来訪につけても、吉野姫君は侘しい奥山住まいを恥じる」の条にある吉野姫君の夕映えのありさま（右ニ、「夕映え」ハ三例スベテ中納言ニツイテ用イラレテイルトシタノハ中西ノ誤リ。謹ンデ謝シマツル）についても、このような美的光景には観無量寿経に説くところの、日の没する光景に観じ西方浄土を想うという日想観につながるのかも知れないとも付記したことであった。

四．「みやび」をめぐって

ところで、よく平安文学の基本は「みやび」だといわれているが、語彙「みやび」の使用例に関してみれば、その使用例はきわめて少ないのである。『伊勢物語』の「みやび」一例、『源氏物語』の「みやび」五例、「みやびかなり」十例、『栄花物語』の「みやびかなり」一例、それに『枕草子』の「みやびかなり」一例という少なさである。『伊勢物語』では第一段、初冠《ういこうぶり》を終えた男が春日の里で垣間見た美しい女姉

図4　「河竹（二）」（『よみがえる源氏物語絵巻』2005年、NHK名古屋放送局・NHK中部ブレーンズ編集・発行）より

妹に思わず歌を詠みかける行為を、「いちはやきみやび」と述べている。この場面が「平城の京」であり、今は都から遠く離れた鄙《ひな》びた場所であったこととも関係があり、「鄙」に対して「都」、そして「都ぶ」、「みやび」と展開していったとも考えられることは先学も指摘している。この新鮮な感動を物語全体の劈頭《へきとう》に冠したことで染め上げたことによって『伊勢物語』が「みやび」な作品と受け止められていったのであろう。石田穣二氏はその遺著『伊勢物語注釈稿』（二〇〇四年、竹林舎）において、『万葉集』巻二、石川女郎と大伴田主との贈答歌（一二六／一二七）で用いられている「みやび」が男女の交渉の意で用いられている早い例で、定家の理解もそのようであったと述べておられる（四十四・四十五ページ）。

ところが、この語は以後あまりにもその出番は少なく、『源氏物語』にしても全体の語彙数からみればきわめて少ないのである。『源氏物語』の「みやび」について詳細な検討を加えられた最近の論考に高木和子氏の論文（日向一雅氏編『源氏物語　重層する歴史の諸相』所収「源氏物語における『みやび』

について」）がある。高木氏は「みやび」の研究史から説き起こし、その対概念としての「ひな」を導入しつつ『源氏物語』の第一部から宇治十帖への語義の推移を綿密に検討され、「みやび」を把捉する理解の基調として、一見ほど遠い印象の人物について、その本来の素性のよさや教養の高さから自ずと現れる風情に「みやび」なるものを発見する場合、鄙と都との境界的なところに発生する美的感覚を表す場合との二つの切り口のあることを提示され、これによって文脈を「みやび」の概念で掬い取りうるのではないかという一つの方法を提示しておられる。今、先に対象とした「みやび」の語例としてあげた『栄花物語』の一例を引く。法成寺参詣の尼たちが八月二十日過ぎの夜、再び参詣して三昧堂や阿弥陀堂を巡る場面で、「この尼君は御堂始めの年より、かく花を持て参れば、あはれがらせたまひて、今はよろづを知らせたまふなりけり。昔宮仕へなどしければ、老いたれどみやびかなる様したり」（巻十八・たまのうてな・新編日本古典文学全集②三二四・三二五ページ）とある。完成したばかりの法成寺を巡り感動している尼たちの姿を「老いたれど」と見ていることや、『枕草子』「職の御曹司のおはしますころ」章段の用例にしても、仏への御供物のおさがりを乞う老尼の言葉を「はなやぎ、みやびかなり」と評していることも、高木氏の手法を応用することで適切に理解することができよう。いずれの用例も作品中の孤例でありながらも、老尼の姿に向けられていることは注目されるのである。「みやび」はある確立された概念というよりも、「鄙」「ひなび」と微妙なところで背中合わせになっていて、きわめて繊弱な美的理念の上に危うく成りたっている語のように思われ、また、研ぎ澄まされた感性によってのみ感得し得る理念のようでもある。さればこそ、『源氏物語』に人物以外に用いられている「夕映え」も、夕方の薄明かりに映えている草花のはかなげな姿として適正に理解できるのではないだろうか。

五.「夕ばへ」再び

『源氏物語』「若菜上」の場面に戻ってみよう。若公達の姿は漂う花の香のなかで夕日に輝いている。蹴鞠に身を投げるほどの熱中ぶりは、大きな哄笑と若々しい歓声の渦が巻きあがっていて、それを室内から見る女たちの気持ちも引き込まれていたのに違いなかろう。疲れて階で休んでいた柏木は、ふと上がった御簾のはざまから女人の姿を認めたが、「夕影なれば、さやかならず奥暗き心地」ゆえ、それが誰であるかを確認することはできなかった。しかし、「いとおいらかにて、若くうつくしの人や」という印象を持ち、やがてそれが女三宮であるという確信に変じ、彼女への胸締めつけられるような青白い恋の炎を燃えあがらせるようになり、以後、長い紆余曲折を経ることになるのである。蹴鞠に熱中する若公達を「夕映え」姿として捉え、女三宮を「夕影」の中に佇む風景として捉えている用語選択に注意を払ってもいいのではないだろうか。そしてそのことがやがて猫の暴走という「鄙」びた行為によって突然もたらされる事件に繋がっていくのだ。この場面を静とか動とかとして捉える前に、「鄙」の背中にあやうい形で現出した「みやび」の点景として受け止めてもいいのではないかと考えている。

『源氏物語』の影響を強く受けた作品に『狭衣《さごろも》物語』がある。晩春の夕方、主人公の狭衣が源氏の宮への恋心を山吹と藤の一枝を差し出しつつ、「この花どもの夕映は、常よりもをかしう侍るものかな」(巻一・十七ページ)と言いかける妖艶な場面からこの物語は始まり、帝位に即《つ》いた狭衣が入道の宮への恋心を訴える歌を「女郎花《おみなえし》」に託して詠むさまを「眺め入らせたまへる御かたちの夕映、なほ、いとかかる例はあらじとこそ見えさせたまへるに、世とともに、物をのみ思して過ぎぬるこそ、いかなりける前の世の契りにかと見えたまへれ」（巻四・四一〇ページ）と応じるところで物語が閉じられている。このことは、従来、「山吹」と「女郎花」の呼応があるものとして捉えられているのであるが、物語の首尾の背景として「夕映え」の光景を配している手法も加えられるのではないかと思われる。もちろんこの語のみで『源氏物語』の美的世界を継承しているとみることはあまりに性急な言い方ではあるが、一つの視点であるとは思われよう。

六．おわりに

かつて金田一春彦氏は次のように述べられたことがある。

「夕映え」「夕焼け」――これを英語にしますと両方とも「イブニング・グロウ」でしょう。日本語では違うんですよね。「夕焼け」とは、ほんとうに西の空が赤いことだし、「夕映え」って、こっちの方の木の梢とか、あるいは、雲が赤くなることですよね。向こうの人、区別しないんでしょうかねえ。

（毎日新聞　一九七〇年九月十七日「この人と」　徳川宗賢・宮内達夫両氏編『類義語辞典』より）

もちろん現代語と古語のニュアンスは異なるのであろうが、「夕映え」という語が潜在的に持っている広がりを、「夕焼け」と対照させることで説いておられることは注意していいのであろうし、現代語「夕映え」にもその豊かさが継承されているように思われるのである。そしてそのことが『源氏物語』の世界を大きく包括している「みやび」の作品の基調にも深く関わっていると考えるのである。

第2章◆天皇即位と密教

横浜市立大学・准教授
松本郁代

二〇〇二年立命館大学大学院文学研究科博士後期課程史学専攻日本史専修修了、博士（文学）。日本学術振興会特別研究員（PD）などを経て、現在、横浜市立大学国際総合科学部准教授、立命館大学GCOE客員研究員。主な業績に単著『中世王権と即位灌頂』（森話社、二〇〇五）、共編著『風俗絵画の文化学』（思文閣出版、二〇〇九）など。

一．天皇のすがた

◉龍顔を拝す

「龍顔《りゅうがん》」とは、天皇の顔を意味する言葉で、もともとは中国皇帝をさした。天皇を意味する歴史的用語には、「内裏《だいり》」「主上《しゅじょう》」「至尊《しそん》」などがあり、これらは、天皇の居場所やその存在を間接的に表したものである。この他、天皇の書を「宸筆《しんぴつ》」や「宸翰《しんかん》」などと称すことも同様である。天皇を特別な存在として表現した言葉は、中国皇帝の権威をかりることでも表され、「龍顔」のうち、「龍」とは王を意味した。「龍」のモティーフを王の象徴として用いたのは、中国や日本だけではなく、朝鮮にもみられた。十世紀初めに統一王朝であった唐が滅亡し、東アジアにおける冊封関係が実質的に解消された後でも、日本では、そのまま天皇のモティーフとして「龍」が使用され続け、さまざまな場面に登場した。

「龍顔を拝す」とは、天皇が公の前に姿を現すことをいう。日本における朝廷儀礼は、もともと中国皇帝の儀礼を模したものである。中国では唐王朝が滅亡し、すでに行われなくなった儀礼も、日本ではそのまま中国方式の儀礼が保持されていた。これは、中国王朝の権威が日本にとって、至高の存在を証明する手段として考えられていたからである。しかし、皇帝と天皇との大きな違いは、皇帝の場合、一度、天命思想による革命が起これば皇帝は廃され、新しい王朝が樹立されるが、日本の場合は、縁戚関係のなかで天皇家が継承されたため、他の新興勢力が天皇の地位を襲うことはなかったのである。

王をめぐる中国と日本の違いは、東アジアの大国中国の諸制度や文化を模した古代・中世の日本がその後歩んでいく歴史を考える上で、大きな意味を持つものになる。その王を王たらしめた儀礼が即位儀礼である。中国にも皇帝の即位の礼はあったが、日本と中国では王の継承という点で、王の交替のあり方が基本的に異なったため、時が経つにつれて、中国の儀礼とは異なる儀礼が日本でつぎつぎと生み出されたのである。

天皇の即位儀礼には、「践祚《せんそ》の儀」と「即位の礼」があった。践祚とは、皇嗣が天皇の位を継承することを意味し、「即位の礼」とは、天皇が皇位継承を百官万民・天下に宣言する儀式のことで、新天皇の姿が公にされるものであった。これらの儀礼が日時を異にするようになったのは、桓武天皇(在位七八一～八〇六)以降であるといわれている。

即位儀礼に登場する天皇は、もちろん、即位する天皇のハレの姿である。それだけに、儀礼の主役となる新天皇に込められた支配の正統性や権威の至高性を表現する方法は、その時点で考えられる最新で最高の叡智が結集されたものでなくてはならず、また、天皇が理念的な世界の頂点に立つ存在として百官万民・天下に誇示することができた数少ない機会でもあった。

◉みえない天皇

室町時代の摂関家であり、有職故実《ゆうそくこじつ》に通じた一条兼良《かねら》著『代始和抄《だいはじめわしょう》』の「御即位事」には、天皇の即位の礼について、次のように説明されている。

> 即位と云は、天子受禅の後まさしく南面の位につかせ給て、はしめて百司万民に龍顔を見えさせ給ふ由也、其月はさたまれる月なし、其所はむかしより太（大）極殿の高御座につかせ給て此事をおこなはる、（中略）後鳥羽院元暦元年は又太政官庁にして即位（の）事あり、それより後は一向に官の庁にておこなはるゝ事となれる也、（中略）即位の日は大極殿の高御座をよそひかさる、太政官庁にておこなはるゝ時は高御座をうつさるゝなり、

このように、即位の礼とは、「百司万民に龍顔を見えさせ給ふ」もので、新しい天皇の姿をお披露目する儀礼として位置づけられていた。しかし、実は、お披露目される側の「百司万民」にとっては、天皇の姿を見ることや、そこに込められた理念や思想を直接に理解することは、ほとんどできなかった。それは、今でいう「秘密主義」であった。そして、容易に分かり得ない世界を儀礼の表面に押し出しつつ、秘密裏に秘密の儀式を行うことで「天皇」としての特別な権威が高められ、そのための特別な儀礼の方法が存在

していたのである。

即位の礼は、基本的に次第と前例に則した儀礼であり、儀礼の内容が大きく改変されることはない。しかし、儀礼のなかに新しく儀式がつけ加えられることがあった。それは、新天皇が行う宗教的な儀式に集約された。特に、平安時代中期の十一世紀半ば以降の貴族社会では、仏教のなかでも密教による現世利益が期待され始め、現世は密教、来世は浄土という信仰の図式ができあがっていた。

このうち、密教は、比叡山を代表する天台密教と、東寺を代表する真言密教の二つの大きな流れがあった。天台と真言はそれぞれに天皇や摂関家、院をふくむ公家を中心に彼らを護持するための修法や儀式を定期的に行っていた。この勢力は、中世に入り、新興の仏教や教団が成立しても、依然として勢力をたもち、政治権力を左右していた。それは、密教修法の力だけではなく、有力な密教の法流や寺家が公家出身者の僧によって占められるような事態が生まれていたことからも、きわめて政治的な集団であり、特定の権力者とつながることで、相互の勢力圏を広めていた。そして、天皇に対する護持も「王権護持」と称する密教修法が活発に行われていた。それは、何よりも、仏教が天皇の存在を護持し、天皇の恃《たの》むべき拠りどころの一つとして仏教が登場したことを意味した。

特定宗教による天皇の護持は、現在でいう「神道」のイメージが強い。しかし、中世には、「神仏習合」という用語があったように、現在的な意味の「神道」というものは存在せず、神祇のなかで特徴的な神話世界が、密教的な語彙や世界観を借りながら解釈されていたのである。その構造は、天皇を頂点とする理念的世界にも及ぶものであった。密教によって神祇が解釈された言説群を、近年では中世に新たに登場した「神話」という意味で、「中世神話」と称されることもある。しかも、その世界観は、普遍的な世界を求めながらも、言説が一定せず、流派や競合関係によって説がわかれるなど、それぞれの政治的野心や思惑をふくみながら形成された。

平安時代中期から展開した密教と天皇の関係も、このような宗教界の動向と無縁ではなかった。すなわち、天皇は国家や政治の上で頂点に君臨していたため、天皇を軸として、宗教界を含む諸勢力が競合しあっていたことが背景にあった。一方、宗教勢力が天皇の権力に介入できる場は限られていたが、即位儀礼を行う天皇に密教的な天皇支配圏の理念を与えたのは、結果的に仏教であった。

つまり、仏教が天皇の存在根拠と権威の源泉を握っていたということは、構造的に密教による天皇の権威づけが政治力にも影響したことを意味したのである。そして、中世に入り、このような密教による理念的な世界に護持された天皇が登場し始めたのである。その象徴的な場が即位の礼であった。

二．秘められた儀礼

◉儀礼の前段階

即位の礼は、もともと大内裏《だいだいり》における朝堂院正殿の大極殿《だいごくでん》で行われていた。しかし、大極殿が治承元年（一一七七）に焼亡して以降は再建されず、その後は、太政官庁《だいじょうかん》で行われるようになった。大内裏にあった太政官庁は、本来、朝廷儀礼を行うための施設ではなく、国政を処理する場であった。

初めて太政官庁で即位の礼を挙げたのが、治暦四年（一〇六八）の後三条天皇である。この時は、たまたま大極殿が使用できず、太政官庁で行われたもので、その後の白河・堀河・鳥羽・崇徳・近衛・後白河・

二条・六条の各天皇の即位は、大極殿が焼亡するまで大極殿で行われた。しかし、大極殿が焼失した直後、治承四年（一一八〇）の安徳天皇の即位の礼では、一度だけ内裏の正殿である紫宸殿《ししんでん》で行われた。紫宸殿の「紫」は、紫微宮《しびきゅう》のことで、古代中国の天文学で、天帝の居所である星座の名前（小熊座など）であり、天子や天位にたとえられたもので、「宸」は天帝の居所を意味した。本来であるならば、太政官庁よりこの紫宸殿が即位の礼の場としてふさわしいものであった。

しかし、紫宸殿で即位した安徳天皇は、二歳で即位するも背後に祖父の平清盛（一一一八―八一）がおり運命をともにすることになり、寿永四年（一一八五）源平が衝突した壇ノ浦の戦いの際に入水し、短命に終わった。このことから、安徳天皇の即位はよい先例とされず、後三条天皇が即位した太政官庁が佳例とされた。安徳天皇の次の元暦元年（一一八四）に即位した後鳥羽天皇以降、寛正六年（一四六五）に即位した後土御門《ごつちみかど》天皇まで、太政官庁で即位の礼が行われた。

その後、大内裏自体が荒廃し、永正十八年（一五二一）に即位した後柏原天皇以降、昭和三年（一九二八）に即位した昭和天皇まで土御門内裏《つちみかどだいり》の紫宸殿で即位の礼が行われた。ちなみに、記憶に新しい今上天皇は、東京にある皇居の宮殿で行われた。

即位の場をめぐっては、このような歴史的変遷があるが、即位の場が変化しても、天皇の玉座である高《たか》御座《みくら》は、少なくとも京で行われる即位の礼に際しては、同じものが使用された。【図1】に示したのは高御座の図である。高御座は、可動式のものであり、黒塗りの三層の壇上に、八角形の屋形を据えて帳《とばり》がめぐらされているものである。高御座は、即位の礼の他、朝賀の儀など大礼の際にも天皇の玉座として大極殿や紫宸殿の中央に設えられた。そして、天皇は、中央の茵《しとね》に座した。

図1 「高御座」(『礼儀類典』宮内庁書陵部所蔵)

即位の礼における天皇の姿は、儀礼のはじめ、高御座の帳と、奉翳女嬬《ほうえいにょじゅ》が差し出す翳《かざし》によって隠れることになる。実は、この間、天皇一人の空間となる高御座のなかで、秘密の儀式が行われたのである。一部、高御座へ向かう途中で行われたとされるが、その秘密の儀式については、のちほど説明していきたい。

次に、即位の礼が行われる前段階について説明しよう。まず、即位の式日に先立ち、由奉幣《よしのほうべい》という行事が行われた。これは、伊勢神宮と山陵《みささぎ》に即位の事由と期日の由について、奉幣を遣わし告げ奉る、臨時の奉幣儀式のことである。伊勢神宮には、天皇の皇祖神であるアマテラスが祀られており、神話のなかで、天皇はアマテラスの皇孫《すめみま》にあたることから、即位する旨がこの神に告げられた。ただし、これらは天皇が直接行うものではなく、即位に伴う行事であった。

そして、もう一つが「礼服御覧《らいふくぎょらん》」という行事である。これは、内蔵寮《くらりょう》に納められていた礼服と礼冠の検分を行う行事であり、即位の礼当日の一ヵ月前から数日前に行われた。この行事には、天皇が参加することもあり、その場合は、清涼殿昼御座《ひのおまし》で行い、幼帝が即位する際は、摂政が直廬《じきろ》で行うものであった。「礼服御覧」が史料上初めて表れたのは、長元九年（一〇三六）七月四日、後朱雀天皇即位の礼の六日前に行われたもので（『土右記』）、それ以降、一部の天皇をのぞき幕末まで同じ形式で行われた。即位の礼の事前準備とはいえ、天皇が参加することで次第に儀式化されていったのである。

◉衮冕十二章の継承

即位を控えた天皇が初めて礼服を「御覧」した時期は現在不明であるが、史料の初出は、三条天皇が即位した寛弘八年（一〇一一）九月八日とされている（『御堂関日記』、『小右記』、『権記』同日条）。その後、即

図2 「袞冕十二章図」① 大袖・前（『礼儀類典』宮内庁書陵部所蔵）

位前の天皇が礼服を「御覧」すること自体が一つの儀礼として成立したのは、長元九年（一〇三六）七月四日、後朱雀天皇の即位前に行われた「礼服御覧」であると指摘されている（『土右記』同日条）。

さらに、のちの鎌倉時代中・末期になると、上皇が礼服を御覧するケースが登場するようになった。上皇は、「礼服御覧」の儀礼に直接参列しないが、本来の「礼服御覧」の目的からすると「礼服」に対する特別な関心が天皇家という「家」のなかに表れ始めたことを意味した。たとえば、内蔵寮に蔵されている礼服を取り出すための行事と考えられる「礼服蔵迎」に、本院の後嵯峨院と新院となった後深草院が揃って参加していた、という記事がみられる（『照念院関日記』）。また、同じく後深草院は、永仁六年（一二九八）十月四日、後伏見天皇の「礼服御覧」が摂政の直盧で行わ

図2　「袞冕十二章図」② 大袖・後（『礼儀類典』宮内庁書陵部所蔵）

れた三日後に、内裏にて改めて礼服に一見を加えるという行為を行っていた（『後深草天皇御記』）。この時、即位予定の後伏見天皇は幼帝であり、当日着用する礼服は「童帝御装束」であった。この礼服は、同じく幼帝として即位した後深草天皇の礼服と同じものであったためであろう、「（この礼服は）寛元に朕着する所なり」と自ら日記に記していた。このような記事から、寛元四年（一二四六）に即位した後深草院がみずから礼服を着用し即位した当時を懐古するようなようすをうかがうことができる。また、天皇や院による礼服に対する感慨の表れは、伏見天皇も日記に「仁治・正元等是を用いらる」などと記していることからもうかがわれる。

このように、天皇は即位の礼に際して、袞《こん》冕《べん》十《じゅう》二《に》章《しょう》と称される礼服を着用していた。そして、理念上、日本の天皇が、中国皇帝の権威を起源とする袞冕十二章を着用していた限り、日本の天皇に備わる王権は中国皇帝の模倣の域を越えることはなかった。しかし、袞冕十二章をめぐる中国と日本の違いは、「礼服御覧」という儀礼が成立した点にあるといえる。さらにこの儀礼が、単なる礼服確認の儀礼化（形式化）ではなく、その行為が礼服を想う歴代天皇と皇位を継承する天皇家の行事として恒常化することで、即位の礼を契機とする「礼服御覧」のなかに皇統の連続性をも確認するというイデオロギー性をそこに読みとることができるのであった。

即位の礼の際、天皇が着用する礼服に繍された袞冕十二章は、もともと、中国唐の皇帝が着用していた朝服の紋章である。袞冕の「袞」とは、皇帝を象徴する龍がとぐろを巻いたさまを意味する。そして、礼服に刺繍された十二章の紋章はそれぞれ「聖王」を象徴する要素であった。

袞冕十二章を初めて着用したのは、天平四年（七三二）正月に行われた元旦の朝賀の儀に際しての聖武天皇であるといわれている（『続日本紀』）。しかし、朝賀の儀が廃絶した平安時代中期以降は、即位の礼でのみ袞冕十二章が着用された。【図2】「袞冕十二章図」①②に示したものが、袞冕十二章の大袖である。前と後にそれぞれ刺繍が施された十二章のうち、両肩と襟刳りには、日・月・星辰が繍されている。この三章は、地上・下界を光で明るく照らすという意味が込められており、皇帝のみに許された紋章であった。その他、山、龍、華蟲《かちゅう》、宗彝《そうい》、藻、火、粉米《ふんべい》、黼《ふ》、黻《ふつ》の紋章があり、それぞれに意味があった。中国唐の皇帝は、上帝から徳の備わった天子として皇帝位を授けられる存在であり、「聖王」の徳としてこれらの十二章がその規範となり、全章の具備が必要とされたのである。

一方、日本では、礼服に繍された紋章の価値基準が中国と異なっていた。中国では、礼服に繍された紋章の数によって身分の上下が表されたのではなく、紋章の数に価値が置かれたのではなく、天皇は即位の始めから身分秩序の頂点に位置し、その天皇のみが衮冕十二章を着用することが許された唯一の礼服であったのである。したがって、衮冕十二章の本来的な意味は、中国皇帝の権威の模倣にあったのだが、王のあり方が中国と異にする国の天皇が衮冕十二章を着用したところに、皇帝とかけ離れた天皇の世俗的な権威のあり方を読みとることができるのである。

このように、即位の礼の際、天皇が衮冕十二章を着用することによって天皇の権威は、居ながらにして中国王朝の皇帝に同定されるものとなる。しかし、さらに「聖王」としてあるべき皇帝の理念に替わるべきものが、天皇にも必要であった。それが、もう一つの儀式に込められていた。

三 ひみつの灌頂

◉天皇と密教

天皇家の歴史のうち、天皇家存続の危機とされるものに、大覚寺統と持明院統との迭立《てつりつ》、それにつづく南北朝の分立があげられる。この対立関係は、政治や宗教、文化の分野にも影響した。そして、これらの対立関係は、権門である公家と寺家、武家の間にも浸透し、すでに政治構造的なものと化していた。

鎌倉時代中期、十三世紀半ば以降の天皇家は、まさに一統を標榜していた血筋も権威も弱体化していた時期であった。このような時、まっ先に求められたのが、天皇が在位していなければならない、天皇が重要な存在であることの証明であった。この証明は、天皇家のみならず、天皇の存在を前提にすることで家職がなりたち、天皇の存在に依存しながら、それぞれの職を全うしていた寺家や公家にとっても必要なことであった。

換言すれば、天皇を頂点とする体制的な国家であったからこそ、天皇の存在が危ぶまれたら、その正統性と存在根拠を求める活動と創出が活発になるのである。かつ、即位の礼において天皇が着用した袞冕十二章によるハレの権威だけではない、普遍的指向性を持つ意味での正統性が必要とされた。その表れの一つが、即位の礼の際に行われた即位灌頂《そくいかんじょう》という秘密の儀式であった。

灌頂とは、本来、仏教界で阿闍梨《あじゃり》など新しい資格を得るための儀式のことであった。中世では、諸芸や諸道の秘伝を伝授することを「灌頂」といい、特別な伝授の方法をさした。灌頂儀礼が仏教界を離れて秘伝の方法として成立するのは、平安時代後期であるといわれている。しかし、宗教界を離れた灌頂儀礼であっても、仏教界を模した師資相承《ししそうしょう》による伝承の血脈《けちみゃく》や、秘伝としての印可や印信を与える文書形式が用いられた。このような灌頂儀礼が、天皇の即位の礼においても行われたのである。

即位灌頂とは、天皇が即位の礼にのぞむ際、あらかじめ摂関家から即位印明《いんみょう》を伝授され、高御座でこれを実修するというものである。印《いん》とは両手の手指でつくる印契のことで、この印契の形は、仏・菩薩の悟りや誓願の内容などを表すものである。そして、明《みょう》とは、真言のことで、仏・菩薩などの真実の言葉や、その働きを意味する秘密の言葉を意味した。天皇は、即位の礼におけるプロセスのなかで、この即位の印を結び、明を唱える灌頂儀礼を行ったのである。

即位灌頂を即位の礼のなかで行っている天皇の姿を見た者は、記録上、存在していない。その理由は、初めに述べたように、高御座の茵に座した天皇が帳や翳で隠されている間に、天皇が秘密裏に行ったため、目撃する機会がなかったためであると推定される。記録の上では、即位印明の伝授やそれらの内容についてのみが明らかにされているのである。すなわち、即位灌頂とは、即位の礼のなかでも新儀として始められたものであり、最も秘密とされた天皇の姿であるといっても過言ではないのである。

即位灌頂の歴史は、平安時代中期の後三条天皇の即位に始まるといわれている。この時、それまで大極殿で行われていた即位の礼が、初めて太政官庁で行われたという新儀と重なる。しかし、それ以降の天皇が連続して灌頂を行ったわけではなかった。即位灌頂が即位の礼のなかに定着するのは、鎌倉時代中期における伏見天皇の即位の礼以降であるといわれている。この時代は、すでに天皇が両統に迭立し、天皇家の分立が明確に世俗社会にも影響しており、唯一の天皇という至高性によって堅持されていた皇統の権威が急速に失墜していた時期にあたる。

だからこそ、天皇は、天皇の正統性やその存在意義を周囲から求められ、この流れに呼応するかのように、寺家は、即位灌頂にみる印と明の理念的世界をつぎつぎと生み出していったのである。それは、密教による天皇観の創出と秘伝化の始まりであり、密教による王権護持の独占を意味するものであった。

何よりも、即位の礼で行う「灌頂」は、「天皇」が再び新しく誕生するという、天皇としての新しい資格を得るための仏教式の儀礼であったことから、皇室が「神道」を旨とする祭祀を重要視する現在とは、まったく異なる次元の世界観における「天皇」が存在していたことを教えてくれるのである。

◉即位法の世界

天皇の即位灌頂とは、天皇が高御座で大日如来《だいにちにょらい》を示す智拳印《ちけんいん》とその真言を唱えるというシンプルな所作

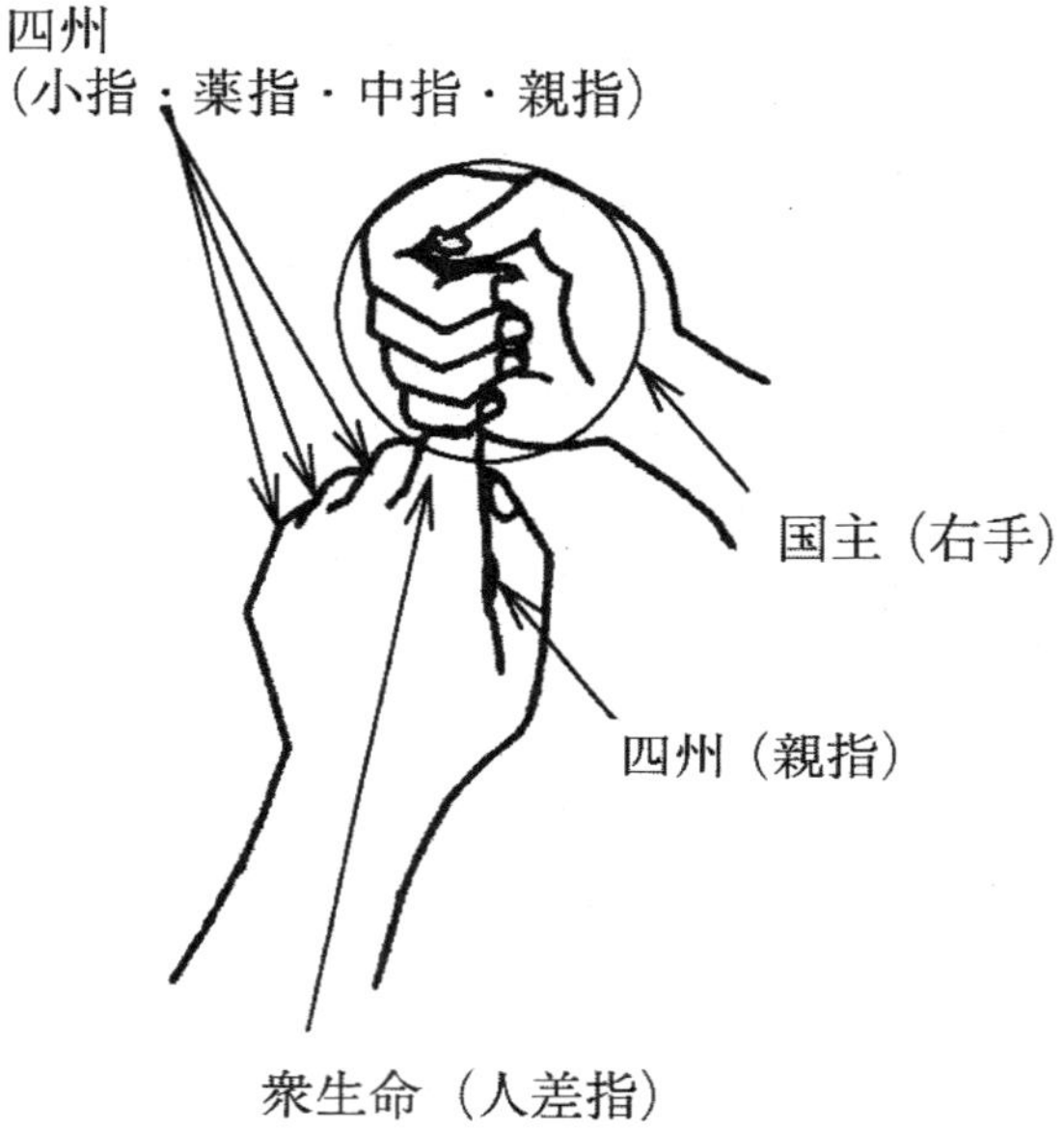

図3 「智拳印解説図」（松本郁代『中世王権と即位灌頂』、2005年、森話社、158頁）より

である。この所作は、伏見天皇以降、幕末の孝明天皇までの歴代天皇によって行われた。また、印明伝授の家に関しては、鎌倉時代後半以降、摂関家のうち二条家が中心となった。しかし、摂関家は寺家と異なり、伝授する資格はあるが、伝授する印と明の理念的世界まで、規定したりあるいは創出したりすることはなかった。その役割をになったのが、寺家であった。

寺家では、即位法という修法が伝持されていた。この即位法には、擬似的な即位の礼と、歴代天皇による伝授の系譜が語られていた。さらに、即位法の種類は、天台と真言系にわかれており、その内部でも両統の派閥ごとに天皇をめぐる世界観が異なっていた。即位法をめぐるこれらの記述は、皇統の分立関係によって理念的世界をも分立し、競合関係を色濃く反映したものであった。

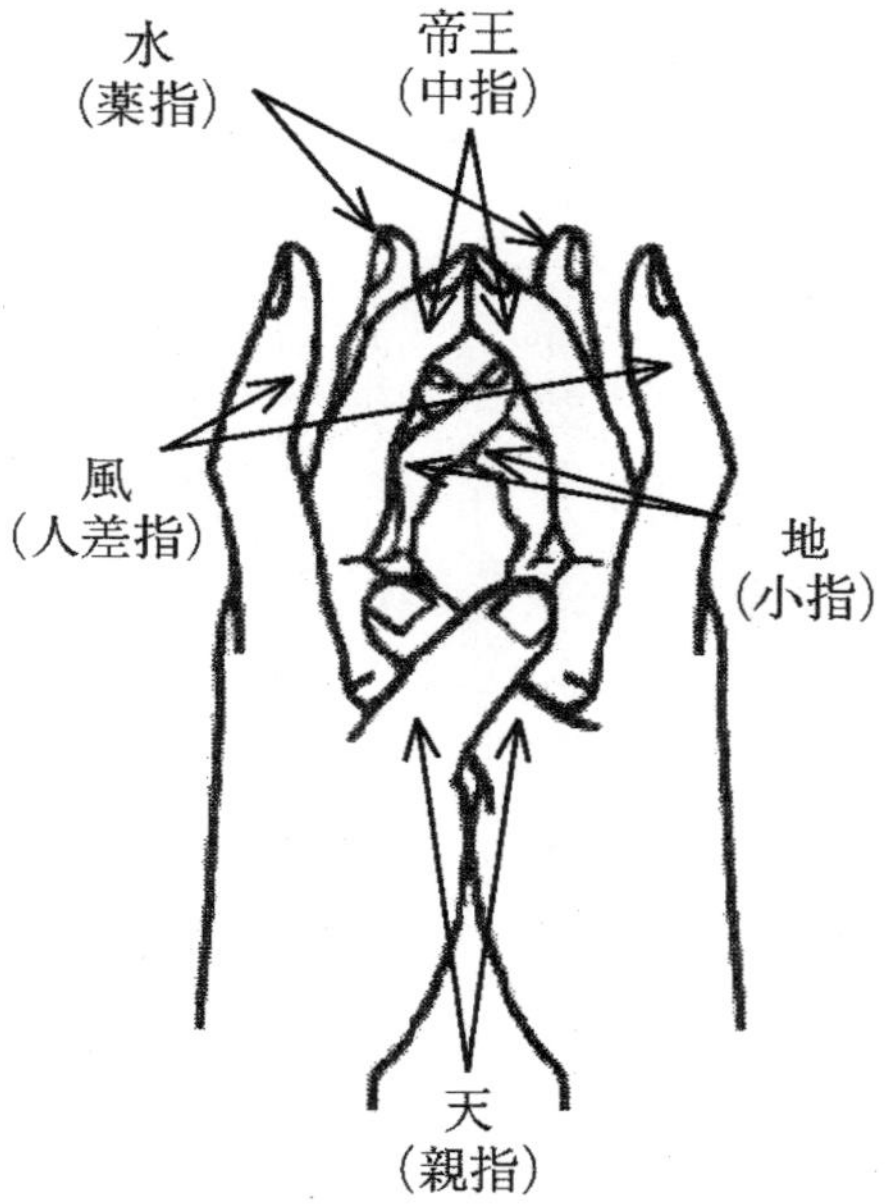

図４　「四海領掌印解説図」（松本郁代『中世王権と即位灌頂』、2005年、森話社、157頁）より

そもそも即位法とは、密教によって天皇の神話的起源や存在意義を説明した、いわば即位灌頂の源泉であり、天皇の存在根拠を示すものであった。そして、天皇の存在証明は、自身に委ねられていたのではなく、天皇を護持し、補弼《ほひつ》する役割をもった寺家と摂関家が握っていた。このように考えると、即位法は、寺家と公家の政治的主張そのものであったといえる。

最後に、十三世紀後半から十四世紀前半に写された寺家即位法のなかで説明されている代表的な天皇の世界観を紹介しよう。

まず【図３】「智拳印解説図」をみてほしい。これは、即位法のなかで説明されている大日如来を象徴する智拳印の解説図である。即位法に記された「口伝《くでん》」によると、左の親指・中指・薬指・小指の四本の指が「四州」を、人差指は、「衆生命」を、右手は「国主」を意味するという。この即位印は、即位の礼で天皇が結ぶ智拳印の形に、天皇が即位した時点の「天皇」を中心とする世界観が読まれているものである。そして、この即位法における全世界とは、「四州」という空間であり、そこに、「国主」、「人民」、「衆生」という三つの身分が構成されているというものである（大覚寺文書「御即位印信」）。

次に【図4】「四《し》海《かい》領《りょう》掌《しょう》印《いん》解説図」を説明しよう。これは、「四海領掌印」といわれるもので、即位法の異称である「四海領掌法」からきたものであり、智拳印とは異なる印の形である。この印を実際に天皇が行ったかどうかは不明であるが、寺家にこのような即位印が伝持されていたことから、天皇の理念が密教的世界観にあてはめられていたことは確かであろう。

この即位法には、「四海領掌印」の形の説明が記されていた。それによると、左右中指をあわせて作られた「玉躰《ぎょくたい》」を中心とする世界とは、四方を「東夷南蛮西戎北狄」に囲まれているものであるという。しかし「四衛」を意味する左・右の人差指と中指が、左右中指で作られた「玉躰」を護衛する形であるのだという。そしてこの中心にある「玉躰」は、この左右の親指が表す「天」、左右の小指が表す「地」の中間に位置し、この「天地」を掌握するのが「帝王」であると説明している（東寺観智院文書「即位三宝院嫡々相承大事」）。

【図3】と【図4】で紹介した即位印は、仏・菩薩の諸尊を象徴する通常の印の意味とはちがい、天皇の所在する空間と、その密教的世界観そのものを表したものである。寺家には、両手両指によって天皇の所在と理念が表示された、随分とコンパクトな天皇の世界が登場していたのである。しかし、問題は、それが持つ意義の軽重にあるのではなく、中世密教が世俗の実世界を密教的な世界観によって覆いつくした、その勢力拡大の速度の早さと膨張性にあるのである。即位印による「天皇」は、その到達点であるといえよう。

先に紹介した二つの即位法は、それぞれ伝持された流派が異なるものである。【図3】は、醍醐寺金剛王院流であり、【図4】は、醍醐寺三宝院流地蔵院方に伝持されたものである。同じ醍醐寺という寺院であっても、寺院組織のなかで金剛王院と三宝院は、それぞれ異なる流派や院家の組織を形成していた上に、三宝院の内部ではさらに対立や分裂が起きているという状態にあった。そのようななか、両院家や流派は、それぞれに支持する天皇の世界観を即位法として伝持することで、王権の護持と創出を行っていたのである。

寺家で伝持された即位法は、天皇が即位の礼の際に即位灌頂を高御座で秘密裏に行うということで生き続け、そのまま、江戸時代最後の孝明天皇まで行われた。中世における天皇の存在根拠が密教によって証明され、密教的な世界観によって理念づけられた天皇は、その後、江戸時代末期まで続いたのである。

しかし、開国後の日本は「近代国家」への道を目指し始め、明治国家による即位の礼では、もはや、密教による天皇の理念はまったく必要とされなかった。そして、儀礼から中国方式とその色彩がすべて排除され、代わりに創造された「神道」的な飾りと、西洋や世界を象徴する地球儀が置かれた。その時代に応じた即位の礼が執り行われたのである。

このようにして、平安時代後期に成立した即位灌頂の歴史は、江戸時代で幕を閉じた。しかし、前近代における即位の礼が、儀礼として成立した根底には、「天皇」の存在意義が密教にも神祇にも投影することができた「天皇」の社会的性質と、宗教による世界観が、普遍性を指向しながらも時代的な要請を敏感に捉えていたことが、大きく影響していたといえる。特にこのような性質を強く指向した中世の天皇の姿は、まさに自在に変化する密教王でもあったのである。

第3章◆京の雅《みやび》言《ごと》
―京都の言葉が周囲に広がる―

文学部日本文学専攻・教授
彦坂佳宣

東北大学大学院で日本語文献と方言の研究法を学ぶ。以後、江戸時代以降の東海地方の方言史を研究、のち視野を広げ、全国の方言模様と日本語の歴史との関連を研究している。ここに掲載した文章もその一環。また、日系カナダ人の日本語の調査・研究も手掛けた。著書『尾張近辺を手とする近世期方言の研究』（和泉書院）、共著『戦後日系カナダ人の社会と文化』（不二出版）など。

一．はじめに

標題の「京の雅言」は、京都の言葉を雅《みやび》な言葉として価値あるものとする立場である。「雅」というと、和歌の言葉とか、優雅な文体のようなことを想像する。一方で、各地に方言調査で行くと「ここには京都の言葉が伝わっている」とか「京言葉の名残がある」と言われることが多く、京都の生活言葉であったものが雅なものとして感じられている。長く都であった京都の文化がそれだけ価値あるものとされ、言葉はその代表格であったと考えられよう。

ここではそうした京都の言葉、それも特に「みやび」でなく普通の生活の言葉が魅力を持ち、長い歴史を通じて周囲に広がっていく模様があったことを眺めてみる。

新しい言葉はどこの地方でも発生する。ただ、何らかの魅力がなければ生き残ることはできない。この点、京都の言葉は、長く都があったせいで周辺の地方から価値あるものとされ、都で随時生まれた新しい言葉が地方に受け入れられていくことが多かったのである。

これは次のような点を考えてみるとよく分かる。昔は簡単に京都や江戸に行けなかった。少し前でも、新幹線や高速道路ができる前は、関西や東京が地方の人々にとってあこがれであり、そこで売られている商品、ラジオやテレビで流れる新しい流行や歌曲が、どれほど地方の人々に魅力的に映ったことか。長い歴史を通してみると、こうしたことが京都の言葉にも認められるのである。

そうした模様を方言地図から検討してみたい。

それを日本全国の模様として、尊敬語を主とする敬語の広がり方から眺めてみる。

資料として使うのは、最近完成した『方言文法全国地図』（国立国語研究所編・全六巻）である。これは、昭和五十年代前半に、全国の六十五歳以上、生え抜きの男性の言葉を二九七項目にわたって調べ、地図にしたものである。調査地点は八〇七地点、そのうちここでは北海道と沖縄をのぞいた部分で考えてみる。北海道は明治期以降に移住した人々が多いこと、沖縄は古く日本語から別れたもので歴史的には古いが、私には分かりにくい性格が多く、今は考察の範囲にできないのが理由である。

この地図のための調査では、私も当時、岩手県盛岡市におり、岩手県の何地点かの調査を担当した。なつかしい思い出である。それが昨年やっと編集が完結して本となった。データ整理に長い時間を必要としたのである。こうした資料にどのような面を読むことができるだろうか。

二.「あなた」の言い方の地図から歴史をさぐる

「敬語」には少なくとも二つの見方がある。第一は対等以上の者に対する言葉の仕組みである。第二は対等以上はもちろん、目下の者も待遇する仕組みである。普通、第一のものを「敬語」と呼び、第二のものは目下の者への遇し方もいれた視点で、「待遇」ないしその表現という意味で「待遇表現」と呼ぶ。ここでは第一の場合に限定して考えていく。

さて、『方言文法全国地図』にはいくつかの敬語の図がある。その中に

「これはお前の傘か」と聞くときの言い方

の項目がある。この質問文のうち「お前」に当たる言い方を次の三場面で調査したものである。質問事項とその場面を次に示した。

第336図「これはあなたの傘か——親しい友達に向かって」
第335図「同——近所の知り合いの人に向かってやや丁寧に言う時」
第333図「同——この土地の目上の人に向かって非常に丁寧に言う時」

これを比較しながら言葉の伝播模様を考え、あわせて京都語の広がりを捉えてみる。

地図を手掛かりにその分布模様を読みとり、そこに現れた形式類の歴史を推定する分野を「言語地理学」という。ある時期の地図＝「共時的な言語情報の図」の分布を解釈して、形式（言葉）間の新古を推測する、つまりその変化＝「通時的推移」を探るのである。

この場合、長い日本語の歴史の中で、中央語は近畿地方の言葉である。今日では東京語やそこに基盤をおく標準語が勢力を持っているが、それは江戸時代後半からのことである。『方言文法全国地図』でみる多くの言語地図類は、やはり近畿が中心となって各種の形式が伝播している模様がよく現れている。今回の地図も同じである。

第336図「これはあなたの傘か——親しい友達に向かって」

この地図は、【図1】とし、原図を簡略にして示した。次のような分布をしている。

（1）オマエ類が全国に広くある。そのうち、東日本はオメー・オメァーと末尾形式の音融合が盛んなのに対して、西日本は、中国地方を除き、オマエ／オマイのゆれ程度にすぎない。

（2）ワレ類・オヌシ類・テマエ類は、中央の近畿地域をはさんで東西に対応するようにあり、概して近畿中央部から遠い地域に多い。これは中央の近畿からかなり古い時代に伝播したことを示唆するものである。青森県のウ・ウガ（ガは鼻濁音）は東西両方にはなく、ここにのみある。

（3）アナタ類は、これに対して近畿地方など、（2）の類よりやや中央寄りにある場合が多い。

以上の（1）から（3）のような分布からは、次の解釈が可能である。

（ア）まず、古くは（2）の類が中央の近畿地方にあり、それが東西両地域に伝播していった。

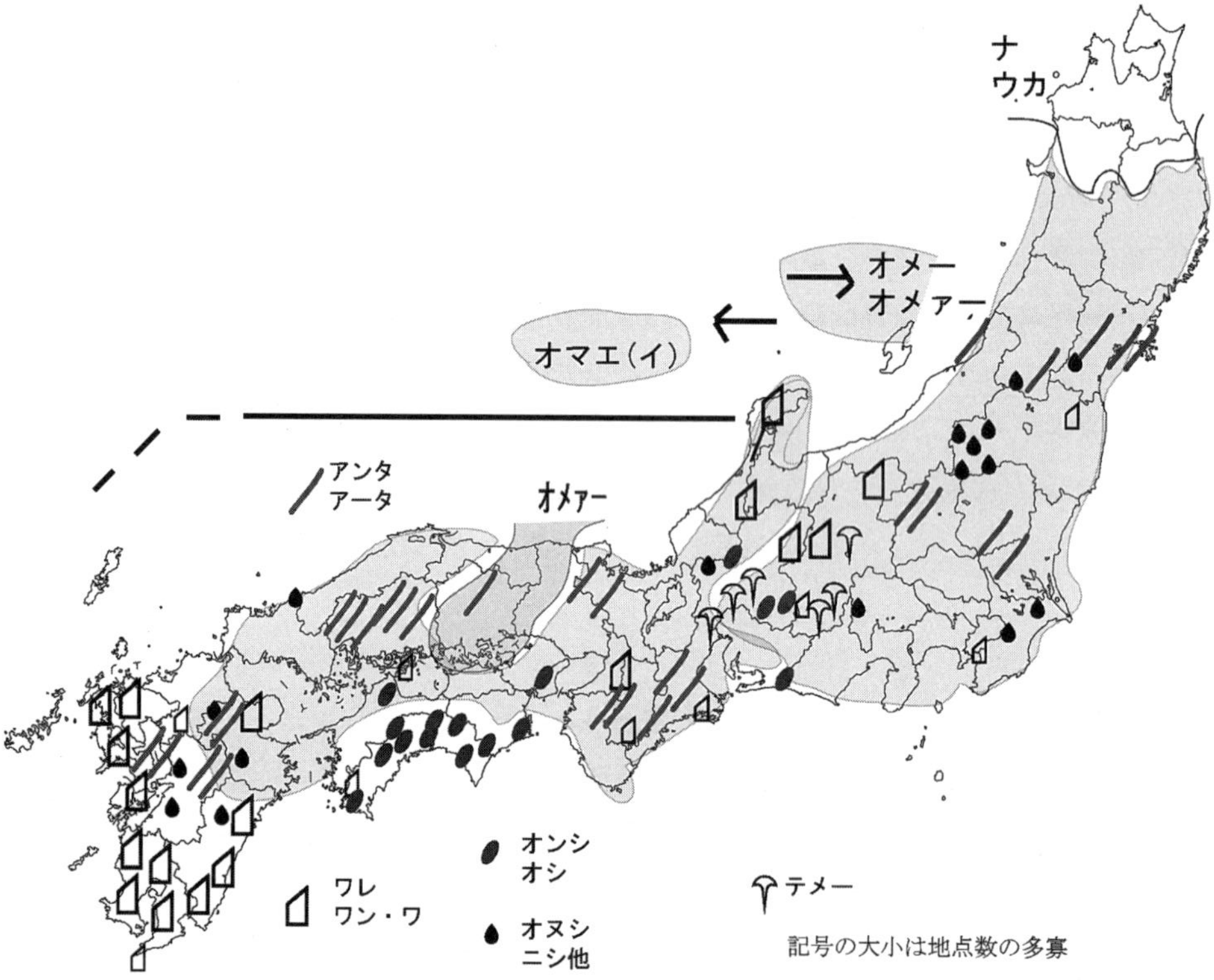

図1　親しい友達に（『方言文法全国地図』第336図より）

（イ）次に（1）のオマエ類が近畿中央で興り、やはり東西に伝播していった。東西日本の端などではまだ旧来の形式が勢力を保っているが、伝播としてオマエはほぼ東西の両端まで届いている。

（ウ）その中に、新しくアンタ類が近畿中央からであろう、周囲に伝播をしつつある。この場合、西日本に比較的広がりが見られ、東日本ではやや少ない模様がある。

これはつまり、ワレ類とオヌシ類が最も古いもの、次にオマエ類、そしてアナタ類への歴史があったものと考えられる。そして古い語形は東西の遠くまで届き、その後に新しい語形が中央からやってきて、その地域でより古い語形を駆逐して今日の地域分布となった。やがてオマエ類もアナタ類の伝播によって塗り替えが始まるであろうという歴史である。

第335図　「同——近所の知り合いの人に向かってやや丁寧に言う時」

この地図は、【図2】に原図を簡略にして示した。

次のような分布をしている。

（1）アナタ類が全国に広くある。図には示していないが、東海から西の地方はアンタ形が多く、東の地方はアナタ形が多い。

（2）この中に、オマエ・オマエサン類がまだ残る。それは東部では信越地方以北の特に日本海側でオメァーサン形、また九州西部のオマエ・オマエサンであり、ともに中央から遠いところである。これ以外のやや中央に近いところは個別に○印で示した地点がそれである。点在気味に（1）のアンタ類の中に残存的に分布の島を作っている。

図２　近所の知り合いにやや丁寧に（『方言文法全国地図』第335図より）

（3）オマエ形はやや古くからあるせいか、敬語価値の下落を補うのにサンを付けるものが多くなっている。その形式では、東部地方ではオメァーサンのような末尾融合形が多く、四国付近ではオマンの他にオマサン・オマハン形があり、鹿児島県付近ではオマハンからオハン、オマエサンからオマンサーのような方言形化している。

以上によれば、この場面ではアナタ類が広く受容されている中に、周辺部にオマエ、またそれにサンを付けた形式が変化形を見せながら残存している模様である。

第333図「同——この土地の目上の人に向かって非常に丁寧に言う時」

この地図は、【図3】に原図を簡略にして示してある。

次のような分布特徴がある。

（1）今度は全体にアナタ、またそれにサマ・サンを付けた形式が全国的にある。

（2）その中に、やはり全国的に広くオマエサン類が点在している。そして、やや周辺地域に多い模様であり、特に東北地方や九州地方に多く、それ以外でも海岸・内陸の周辺的な地域に多い。これは残存的なものである。

（3）こうした中に新しくオタク類が近畿・関東など中心地域にやや強い形で、しかし全国的に分布する。やや大きな○は数地点をまとめたもの、小さな○は一地点のものである。この形は、今までの場面ではないものであり、新しく敬意の高い形式として登場している。

（4）やはり新しい類として、今度は代名詞では呼ばず、役職や役割などで呼ぶ形式が目立ってくる。

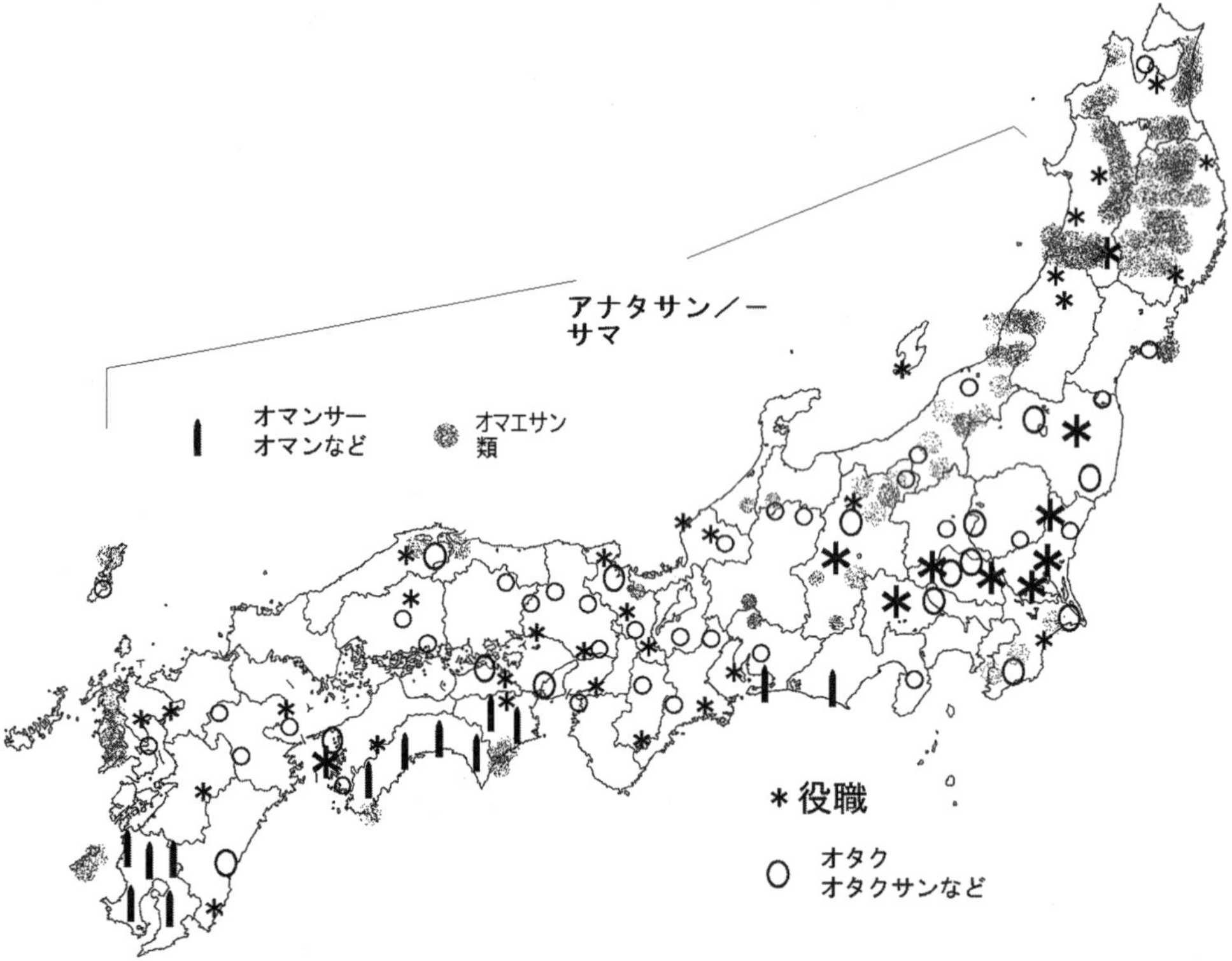

図３　非常に丁寧に（『方言文法全国地図』第333図より）

関東地方の大きな＊印は数地点の固まりがあることを示してあり、その他の地方ではほぼ一地点ごとに見られるものである。これらはやはり関東・近畿の中央部に多くなっている。

（５）その中に、残存的にオマンサーその他の方言形式が、四国・九州南部、また東海地方などの周辺ないしやや辺鄙なところに点在する。これは方言形化した残存的なものである。

以上によれば、この最も丁寧な場面では、アナタ類が全国に行き届いている中に、新たにオタク類、また代名詞でなく役職・役割で呼ぶような言い方が現れている。この代名詞以外で呼ぶ言い方はこの段階で初めて現れるもので、敬語のメカニズムとして新しい局面である。その中に、オマエサン類、その方言化形が周辺部に残存するのである。

以上の模様の全体を中央語と地方方言への伝播の視点からその変化を捉えると次のようになろう。

まず、中央近畿の言葉にナ・ワレ・テマエなどの代名詞があり、周囲に伝播していった。その後、新しくオマエ類が生まれ、先行する語形を駆逐しながら周囲に広まっていった。また、これにサンをつけた形も生まれた。次にはアナタ、これにサンをつけた形が興り、やはり周囲に広まっていった。さらにその後、オタク類が新出して広がり、またきわめて丁寧な場面では相手を代名詞で呼ぶことを忌避する新しいメカニズムが生まれ、役職・立場などで呼ぶようになっている。

なお、この中で、第三の「この土地の目上の人に向かって非常に丁寧に言う時」に新しく出るオタク・役職の類は関東地方に厚い分布をなしており、これは近年になると東京が新語の発信地域になってきていることを語っていると考えられる。

三．文献による模様との対比

さて、地図の分布からは以上のようなことが推定されたが、各時代の文献による模様はどうであったろうか。言葉の歴史の研究には方言と文献との比較・対照が有効である。

というのも、両者の性格の違いがあり、それをうまく組み合わせると、より確実な歴史の推測ができるからである。まず、地図の側では、複数の形式間の先後を相対的な順序として推定できるが——いわゆる相対年代の推定——、それが実際にいつ起こったかは分からない。これに対して文献側では、その文献ができた時期、文献の記事などから推定される具体的な時代が分かる——絶対年代の推定——のである。ただ、文献は知識層の言葉で書かれたものが多く、庶民平生の言葉を知るにはいくらか操作も必要である。また一方で、性格の違うものを安易に組み合わせると誤ることもある。両者に矛盾があれば、稀にはそれを補う案によって深い考察に至ることもある。

◉文献による敬語研究から

室町時代から江戸時代までの待遇表現の歴史を研究したものに山崎久之『国語待遇表現体系の研究』（武蔵野書院、二〇〇四年増補改訂版による）がある。今そこから簡略に通時的な模様を捉えた表を引用する（次々ページ）。

この表は京都の言葉について、その待遇表現史の概要を示すものである。男性語の例であるが、およその特徴はこれで分かる。その特徴について対称代名詞を中心に見ると、次のようにまとめられよう。

（1）各時代は五つの待遇段階として共通する。

（2）各時代の代表的な対称代名詞の形式は、A室町時代はコナタ／ソナタ、B江戸時代前期はオマエ／コナタ、C江戸時代後期はアナタ／オマエの上位の各二段階である（下位段階は略）。

（3）上位の待遇語彙は次の時代になると待遇価値（敬意）が下降する――A時代のコナタ／ソナタの序列が、B時代になるとオマエが台頭して、第二、第三段階に下がる。同じく、C時代なるとアナタ類が新出し、オマエは第二段階に下降する。第三段階以下の形式はさして下降することがない。

なお、右の（3）待遇価値の下降の点は、いわゆる「敬意逓減《ていげん》の法則」である。佐久間鼎《かなえ》が唱えたもので、その主たる点は、日本語の場合、ある敬語形式が長く使用されていると次第に敬意の低下をおこして来るというものである。結果として、次にはそれに変わる新形式が登場することになる。

なぜこのような語形交代が起こるかは、代名詞を例にとればよく分かる。日本語の代名詞の場合、ソチ・コタナ・ソナタ・アナタなどは指示代名詞からの転用であり、オマエは貴人の前の意味であり、キサマ（貴様）は尊い方を示す語であり、みな転用か遠回しに表現されている。

この背景には、人の名をあからさまに呼んだり人を直接に指すことは忌避されるべきであるとの考えにより、間接的な指示が好まれたのである。長年使用してきた語形が古びると、類似の示唆形式を採用してそれに代える。このようなことが長く続いてきた。この点に立てば、最新の「役職・役割」で呼ぶ言い方も、特に新しいメカニズムではないと考えることもできる。

表（山崎著、『国語待遇表現体系の研究』七六六頁より）

A　室町時代末期

	第一段階	第二段階	第三段階	第四段階	第五段階
代名詞	こなた こなた様	そなた	わごりょ おぬし あれに	汝 そち われ	おのれ
助動詞	させらるる お…なさるる お―ある	めさるる お…やる お―そい	しめ・さしめ い・さい		をる

B　江戸時代上方前期

	第一段階	第二段階	第三段階	第四段階	第五段階
代名詞	お前 お前様	こなた 貴様 ご自分	そなた わが身 おのし・おぬし	そち われ わいら	おのれ うぬら
助動詞	(御)―なさるる (御)―遊ばされます しやります	(御)―なさるる (御)―遊ばさるる (御)―遊ばす しやる	めさるる やる お―やる		をる ほざく

C　江戸時代上方後期

	第一段階	第二段階	第三段階	第四段階	第五段階
代名詞	あなた あなた様 おまへさま	おまへ	そなた おまへ わが身 貴様	われ わいら そち	おのれ
助動詞	(御)―なされます (御)―遊ばします しやります	お―動詞 なさる しやる	やる 連用形命令法		やがる をる

◉方言地図との対比

この通時的な概要と地図の解釈による歴史とを比較・対照すると、かなりよく対応することが分かる。以下、きわめて概略であるが、その模様を考えていく。

【図1】「親しい友達に向かって」に出た、ワレ・オヌシ類は室町時代に第三、四段階であったものである。敬意逓減の法則からすれば、これらの類もそれ以前はもう少し上の待遇であったことが推測される。その時期に周囲に伝播したものが、今日の周辺部では親しい関係で方言化した形式として使用されていることになる。オマエは、東日本に伝播して末尾融合形オメァーが生まれ、中国地方の一部でも同じ。その中に早くもアナタ類が現れている。なお、【図1】の青森県にあるワ・ウガも、ナは上代の都で使用されたもの、ウガはワガあたりの音変化ではないか。すると同じくかつて中央で使用されたものになる。これらは一段と古いものが、今日の地理的な模様としては最北端に見られて、対応している可能性がある。

【図2】「近所の知り合いの人に向かってやや丁寧に言う時」では、すでにアナタ類が日本の周辺部まで届いている。そのアナタ類は江戸時代後期に京都で行われていたものであり、これが伝播したものと考えられる。その中にあるオマエ・オメーサン/オメァーサンなどは残存であり、後者はサンを付加する形で敬意の維持を図っているのであろう。また、方言化して地域に根ざすと、新興勢力の受け入れに抵抗する場合もあったであろう。

【図3】「この土地の目上の人に向かって非常に丁寧に言う時」は、この方言化形式がなお周辺部に残る傾向がある。その一方、全国的にはアナタ・アナタサンが優勢である中に、かなりオタク、また役職の類が生まれている。

このオタク・役職も他からの転用という点では従来のものと変わらないが、役職はやはり代名詞とはいえず、そうしたものが登場した意味は大きい。先の表によると中世から近世は目上の者に対しても代名詞で呼んでおり、現代は用法が違ってきていることを感じさせるのである。そして関東地方にこれら新しいものが見られることは、「都の雅言」の発信地が、今日では東部、特に東京に移っている模様を語るものである。

四. まとめ

ここで標題の「京都の言葉が周囲に広がる」という点を改めて考えておく。今まで見てきた図では、新しい形式の出所がどこか、また文献の上ではいつかを見ることになる。

【図1】では、まず、ワレ・オマエの類が近畿圏を中心に東西に広がっていた。つまり近畿からの放射が考えられる。また、この図にはすでにアンタ類が出始めている。かなり各地に伝播しているが、その発生源はやはりおそらく近畿地方であろう。文献での時期は、アナタが出始めたのは江戸時代後期になっている。都市としての江戸はかなり発展し始めていたが、まだ言葉の放射力を強く持つほどの力はなく、上方が中心であった。これは【図1】で東京付近が空白になっていることからも分かる。

【図2】では、アナタ類は、西には瀬戸内海航路を通じて運ばれ、四国・九州の瀬戸内側に広がり、東部では東海地方から太平洋側を通って南奥羽地方にまで届いている。逆に東日本の日本海側にはまだ一段古いオマエサン類が残存している。なお、詳しくは述べないが、東日本の日本海側が古く、太平洋側が新しい模様は案外めずらしい。言語地図での普通の形は逆になることが多く、その意味が問われる。しかし、今は深入りしないでおく。

【図3】では、オタク・役職などの新形式が、今度は関東地方中央部にかなり厚く分布していることに注意したい。この時代になってようやく江戸・東京語が勢力を持ち、新語形の放射力がついてきたことを語るものである。

このように近い時代には東京語の勢力が強まってくるが、それ以前は上方語とりわけ京都語の力が強く、その文化的な背景によってここで生まれた新語が周囲に受け入れられていく模様が見てとれる。狭義の「雅言」でなくても、京都の言葉の魅力が長くそこにあったものと思われる。

※　この稿の内容は、別に発表した「方言と日本語史——尊敬語表現地図の解釈例から——」『月刊　言語』（二〇〇五年九月臨時増刊号）の記述と一部かさなる部分がある。この点をお断りするとともに、参照ねがえればありがたい。

第4章◆京都と歌舞伎——坂田藤十郎の時代——

文学部日本文学専攻・教授
赤間　亮
一九六〇年生まれ。早稲田大学文学研究科博士課程単位取得退学。修士（文学）。演劇博物館助手を経て、一九九一年、立命館大学文学部専任講師。二〇〇〇年教授。専門は日本芸能史。著編書に『講座歌舞伎・文楽　歌舞伎文化の諸相』（一九九八年、岩波書店）、『図説江戸の演劇書』（二〇〇三年、八木書店）

一．坂田藤十郎の演技

夕ぎりに芸たちのぼる坂田かな

これは、貞享四年（一六八七）に出版された役者評判記にみえる坂田藤十郎《さかたとうじゅうろう》を評した句である。京都では、十一月の第二日曜日、嵯峨清凉寺《せいりょうじ》で毎年夕霧祭が執り行われ、京都の年中行事の一つとなっている。夕霧とは、大坂の新町扇屋の遊女で、歌舞伎でよく知られた「夕霧伊左衛門」の主人公のことである。夕霧は、抱え主である扇屋が元は京都の島原で営業していて、寛文十二年（一六七二）大坂に移った時について行ったものである。夕霧は、京都にいたころからすでに有名で、大坂へ下った時には、その美しさを見ようと見物人でごった返したという。伝によれば、オランダ人のような目をしていたともいう。延宝六年（一六七八）正月には全盛の中、惜しまれながら病没した。

大坂の遊女でありながら、清涼寺で夕霧祭が行われるのは、生家が清涼寺塔頭《たっちゅう》地蔵院の檀家であったからといい、地蔵院墓地にも墓が作られたが、のち地蔵院は廃寺となったため、現在の墓は大覚寺塔頭覚勝院の管理となっている。一般には、覚勝院の塀外に、夕霧大夫の墓があることを示す石標があることで知られている。

このように遊女夕霧がいまだに人々の記憶から消えないのには、単に特別に美女の誉れをとったからだけではなく、歌舞伎に取り入れられ、いまだにその演目が頻繁に上演されていることによる。とりわけ、この「夕霧」物を得意としたのが元禄時代の名優坂田藤十郎で、彼は京都を本拠地として活躍した役者であった。延宝六年（一六七八）二月、夕霧没のニュースを受けて、際物《きわもの》的に『夕霧名残の正月』という歌舞伎劇が企画された時、この坂田藤十郎は大坂におり、夕霧の相手方、藤屋伊左衛門を勤めた。坂田藤十郎はこの時の伊左衛門の好評により出世街道に躍り出たとされている。藤十郎は、その後生涯に十八回も夕霧伊左衛門劇に出演して伊左衛門を演じており、「夕霧伊左衛門」とともに自らの地位を上げていった。

坂田藤十郎は、歌舞伎史上では「和事《わごと》」の大成者として知られている。その和事の現代に残る典型的な芸は、やはりこの「夕霧伊左衛門」劇に残っている。安永のころ（一七七二～一七七九）に成立したといわれる『廓文章《くるわぶんしょう》』がそれで、現在も人気の演目である。もとは、近松門左衛門の浄瑠璃『夕霧《ゆうぎり》阿《あ》波鳴《わのなる》渡《と》』を改作したもので、別名「吉田屋」といわれるように、伊左衛門が夕霧に逢いに来る一場面だけが独立して演じられている。

〈『郭文章』あらすじ〉

夕霧と深く馴染んだ伊左衛門は、親に勘当を受けて零落し、大尽《だいじん》遊びの全盛を謳われた昔の面影はまったくない。師走も押し詰まったある日、紙衣《かみこ》に編笠姿の伊左衛門は、よく通った吉田屋の前に現れる。吉田屋の暖簾から中をのぞいて、主人の喜左衛門の名を呼ぶので、伊左衛門を茶屋の若い者が追い出そうとするが、喜左衛門がそれを制して、内へと招き入れる。

喜左衛門夫婦の厚いもてなしを受けるが、夕霧が他の座敷で客に会っているのを知り、伊左衛門は焦《じ》れる。夕霧があらわれて拗《す》ねてみたり痴話喧嘩になるが、やがて疑いは晴れて互いに手を取り合うと、折から勘当が許されたとの知らせ。夕霧の身請けの千両箱も届けられてめでたく幕となる。

こうした他愛もない芝居であるが、坂田藤十郎の和事の面影を見ることのできる唯一の演目といってもよく、いわゆる上方役者の家に分類される片岡仁左衛門《にざえもん》家や、とりわけ中村鴈治郎《がんじろう》家の持ち芸（玩辞楼《がんじろう》十二曲）の一つとして頻繁に上演されている。そして、中村鴈治郎家から「坂田藤十郎」を襲名したのが現在の四代目坂田藤十郎である。歌舞伎の世界では、元禄歌舞伎の京都の名跡《みょうせき》が現代も生きているのだ。

紙衣とは、紙でできた粗末な着物である。舞台では、手紙の反古《ほご》を貼りつけたように文字の模様が見える紫と黒のデザインとなるから、みすぼらしくは見えないが、これは貧窮の姿である。伊左衛門の紙衣姿の演技は歌舞伎の専門用語で「やつし」という。漢字を当てれば、「窶し」であり、本来は高貴な身分、あるいは富貴な境遇にある者が、零落して貧賤の生活を送る姿を見せる演技をいう。片岡家の場合、花道

図1　元禄12年（1699）『役者口三味線』（早大演劇博物館蔵イ11—788）

の出には、後見が差し出しという蝋燭《ろうそく》を灯して役者を浮かびあがらせる古風な演出をとるが、この出端《では》は、零落《おちぶ》れた若旦那の窶れたようすを見せる格好の場である。「やつし」は、また「略」とも書く。主正しいものを簡略にして見せるのである。この場合、聖から俗に落とすという働きもあり、「やつし」の演技には愛嬌と滑稽さも伴う。座敷で夕霧を待つ間の、炬燵《こたつ》を使った演技はまさにそのおかしみの演技の代表である。『吉田屋』は、江戸後期の作品であるから、元禄期の演技からの変質が認められる。夕霧が出てきてからの痴話喧嘩の口説きは、『吉田屋』では、途中から踊りになるが、元禄期には、これを長台詞で処理していたはずで、それらがすべて坂田藤十郎の和事の演技なのである。

元禄の京都の歌舞伎が一体どれほどのレベルの演劇であったのかは、今となっては再現することは難しい。しかし、京都は、当時、出版技術の上でも先進地であったので、当時の歌舞伎のようすを記した出版物を数多く残すことができた。当時の最大の版元、八文字屋は、元禄時代から演劇に関わる書物を出版しており、なかでも「役者評判記」という日本独特の〝劇評〟の定形を作り、年々欠かすことなく出版し続けたので、そこに坂田藤十郎や、吉沢あやめなどの当時の名優の演技の一端を垣間見ることはできる。八文字屋の役者評判記は、当時の日本の三大都市である、京都、江戸、大坂の三都の歌舞伎公演を対象にそれぞれ一冊を割り当て、全部で三巻三冊にして【図1】、役者毎に評価を下したもので、役者もきちんと敵役、女方などの役柄にカテゴライズされている。これを見るだけでも、当時の京都の演劇界の完成度、充実ぶりを想像したくなる。参考までに、坂田藤十郎の代表的な作品である『傾城《けいせい》壬生大念仏《みぶだいねんぶつ》』（元禄十五年〈一七〇二〉にふれた、この時の劇評を掲出してみよう。

けいせい壬生大念仏に。高遠民弥となられ。かす買のやつし何とおもしろふはないか。殊更酔てけいせい町へいた心にて。樽をあい手にひとり狂言。どふもかふもいはれた事ではない。あれ外の役者にさせて見よ。せいをつかして皆迄は見られはせまい。さりとは上手にこなさるゝ（中略）先以紙子姿のやつし一流有ておもしろし。此度四番めに素紙子にてあげやへ来らるゝさま。姿はおちぶれて見ゆれ共。さすがむかしの大臣そなはりてよし。次に頭巾小袖を着られて。藤枝にあはるゝ所。早即座にそれ〳〵うつる事奇妙也。扨南風をかたにして。道しばにあふて目で思ひをはこばせ。手をしめなどせらるゝあたりどふもいへず。南風欠落のしたくする時きのどくさふ成顔付。其後金のせんぎの時。彦六がつらをくはし一通りの述懐。きゝ事見事さらに芸とはみへす。たゞ其まゝ真を見るごとし。

（元禄十五年〈一七〇二〉三月「役者二挺三味線」坂田藤十郎　評）

ここからは、藤十郎の演技の特徴が見えてくる。糟買《かすがい》にやつして、樽《たる》を相手にしての一人狂言。紙子での傾城買いで、昔の大尽のようすが備わっている。また、演技は目で思いを伝え、手を絞めたり、気の毒そうな顔つきなどで、どのように舞台から観客席にその細やかな演技を伝えたのか。一通りの述懐とあるように長台詞で聞かせる。そして、これは「さらに芸とはみえず、ただそのまゝ真を見るごとし」というのである。

元禄時代の京都の役者は、こうした劇評の中でふれられるだけでなく、みずからの芸談を残して公刊されたところにも特徴がある。これも劇界と深く繋がりのある八文字屋があったからこそ実現したもので、八文字屋の強力な人脈と情報収集の力は端倪《たんげい》すべからざるものがあろう。その書物は、題して『役者論語』。読みは「やくしゃばなし」とある。坂田藤十郎の芸談は、その中の「耳塵集」や「賢外集」に数多く見ることができる。

一、坂田藤十郎曰　おかしき事が実事也。常にある事をするが故なり。今の芸者の実事を見るに。互にそりをうち鼻とはなとをつき合。ぬけぬかんなど、の詰合。実の侍のすべき業ならず。此心ゆへせりふづけも又々右に同じ。是をさして実事といふべき歟

一、又曰身ぶりのよしあしを吟味する芸者あり　尤見物に見するものなれば。あしきよりよきはよからん。予は吟味なし。身ぶりとて作りてするにあらず。身ぶりはこゝろのあまりにして。よろこびいかるときはをのづからその心身にあらはるゝ。然るに何ぞ身ぶりとて外にあらんや。

（『役者論語』「耳塵集」上）

このように藤十郎自身の言葉を読むことができるが、日常のままに演ずることとは、演技上もっとも難しいことであり、もちろんこの背後にあるさまざまな経験や工夫に裏づけられた言葉と認識しなくてはならない。

宝暦十二年（一七六二）刊の八文字屋劇書『歌舞妓事始』には、『傾城壬生大念仏』の時の逸話が載る。

壬生大念仏の狂言に、古糟買の役にて、其身揚屋に居らずして詞と姿とにして傾城買の肝要を顕はせり。初日二日見る人さのみ悦ばざれば、今一度稽古仕なをさんと相手にとりし者をかたらひ、深更におよぶまで稽古をなして、千々に心を砕しに、うつゝの如く古糟買の荷物を負て一声二声よばはつてなすわざ、賤うしてうづだかく暫ものして橋がゝりに入る。是に心を移りてしばしみとれ居たりしが、傍に有合もの一両輩是を見て、あやしのものとや思ひけん、即座に気をうしなへり。是を見て始めて心つき、奇異の思ひをなし、わが家に帰りて是を工夫し、翌日の所作感にたへたり。

このような、不断の取り組みから獲得される真の演技である。現代でも十分に通用するものがあるが、こうした演技実践がどのように舞台上の効果を引き出したのか、なんとも掴みがたい。たとえば、田舎者が京都に上ってきて、芝居を見物しようと芝居の内に入ったが待てど暮らせど、舞台上では芝居の打ち合わせばかりしていて、本番が始まらなかった。しかし、これは藤十郎らの居狂言であったというような逸話も伝わっている。初めての観客には、この真の演技は、理解できないものだったのだろう。

坂田藤十郎祇園町ある料理茶やのくはしやに恋をしかけやがて首尾せんと思ふに。件の妻女。おくの小座敷へ伴ひ。入口の灯をふき消たり。時に藤十郎すぐさま逃げ帰りけり。其翌朝右の茶やへ行。妻に打向ひ。御影にて替り狂言の稽古を仕たり。此度の狂言は。密夫の仕内なり。つゐに左様の不義を致たる事なければ。甚此仕内にこまり。此間太夫元よりはやく初日を出し申度と。再三せがまれ。日夜此事にあぐみ。密夫の稽古を男に出会もらひては。其情うつらねば。ひとつも稽古にならず。我願ひ成就致けいこ仕たり。今朝太夫元へ。初日明後日御出しと申遣したりと一礼申されし。

（『役者論語』「賢外集」）

これが実話であったものかどうか、きわめて疑わしいが、藤十郎の芸にかける執念を表現するには効果的な逸話であろう。菊地寛は、ここに劇的シチュエーションを見出し、『藤十郎の恋』という作品を書いた。いわば芸術至上主義が見え隠れするが、一人の女性の心を踏みにじってでも演技・芸を完成させようとする藤十郎の職人的な凄《すご》みを読みとることができる。

藤十郎のこうした演技が、実際にどのようなものだったのか、どのレベルのものだったのかは、相変わらず茫漠としているが、現代の演劇や役者を一歩越えた演技が想像されるのではなかろうか。こうした完成された演劇が京都で生まれたのはなぜなのか。次に、京都における歌舞伎の歴史から探ってみよう。

二　出雲のお国から野郎歌舞伎まで

この国に「かぶき」が出現したのは、今から四百年以上も前、慶長八年（一六〇三）のことである。文

写真１　出雲のお国（阿国）像

献によれば、出雲のお国は女院御所に呼ばれ「や、子踊」を踊った。この「や、子踊」はそれまでも何度か記録上にあらわれているお国らの芸能に対する呼び名である。ところが、この同じ日の芸能に対して別の人物の日記では「かぶき踊」と呼んでいるのだ。これをもって、われわれは「歌舞伎」という芸能の初出とするため、出雲のお国と称する女性が、「かぶき」を始めたことになるのである。

芸能の担当者として女性が歴史上に姿を現すのは、さほど珍しいことではない。しかし、このお国が広げた「かぶき」は、その後、日本の代表的芸能として躍進し、現在も相変わらず日本の演劇の中心的な役割を占めている。そのため、創始者お国の名は不朽のものとなっている。「歌舞伎」は、よく知られているように、もともと奇抜な、

写真２　阿国歌舞伎発祥の碑

他と異なる「傾き」という語が、お国らの奇抜な発想による芸態につけられた名称で、その後にその音に歌、舞、妓（役者の意、明治以降は伎が当てられ、業の意）が当てられたものである。お国の姿は、現在、京都では、四条大橋東詰に立つ銅像でみることができるが、ここでお国が演じたという歴史記録はないし、おそらくは、演じたことはないと考えられている。また、南座の西出口脇にやはり「歌舞伎発祥の地」との碑が立つが、これも歴史事実を踏まえてはいない。これが分かっていながら二つの記念物が置かれているのは、何らかの事情のあってのことであるが、その上にこの銅像を見ても、お国の芸のどこが奇抜であったのかは、皆目分からない。

この銅像のもとになったと思われる絵が京都国立博物館に残っている。これによれば、お国は刀を杖に十字架を首にかけ、男装の麗人で確かにかぶき者に見える。お国は、さほど美人ではなかったともいわれるが、さまざまな逸話が残っているから、芸能自体だけでなく、自身も魅力的な人物であっただろうと推測されている。

お国の興行は、少なくとも北野神社の社頭や五条の河原付近で行われたようで、四条河原での興行は認められないが、慶長十三年（一六〇八）二月には、四条河原での歌舞伎の上演が記録されている。これは、お国ではなく、六条三筋町《みすじまち》の遊里から繰り出した遊女たちによる華やかな歌舞伎公演であった。お国は、それほど長く都で活動できたわけでない。遊女歌舞伎は第一その規模が違っていたし、先駆者を模倣してその長所をとり、さらに娯楽性を増強して、大いに盛行した。お国らは、いわば大資本の攻勢に太刀打ちできず、都を離れていったと考えられている。音楽面でも、遊女歌舞伎の時代には、三味線が導入され、音楽劇としての要素を増していった。三味線と集団による連舞は、能舞台を摸した舞台で、鼓と笛のみの能と同じ囃子だったお国の歌舞伎を根本から変えたはずで、お国歌舞伎と遊女歌舞伎はその演劇効果において全く違ったレベルにあったに違いない。

この遊女歌舞伎は、遊女たちの宣伝を兼ねたいわば張見世《はりみせ》のごときもので、昼には河原の舞台で観客である男たちの心を捕え、夜には遊里で客をとった。そして、遊女歌舞伎の熱狂は、洛中洛外図や遊女歌舞伎図として伝わっている。

その中に芸態の違った歌舞伎集団も描かれている。舞台の模様からは遊女歌舞伎との区別は難しいが、蜘蛛《くも》舞などの軽業《かるわざ》芸が取り込まれている。これは実は、遊女ではなく、若衆たちの歌舞伎なのである。若衆は陰間《かげま》として、遊女同様夜の営業もするが、遊女たちと違い、身軽さを売りにしてさまざまな舞台芸をも見せた。歌や踊りには、おそらくはよりスピーディーな演技が求められたのであろう。

遊女歌舞伎に対しては、一六三〇年代には風紀を乱すものとして、幕府から禁止令が断続的に出されている。現在数多く残る遊女歌舞伎図やこうした禁令の多さからみて、遊女歌舞伎がいかに隆盛を誇ったかが分かる。寛永十七年（一六四〇）、遊里は、京都の西の外れである島原へと移転させられる。一方で、歌舞伎に対しては女性が舞台に上がることも禁止されており、遊女歌舞伎の時代はこれをもって消滅する。遊女の囲い込み政策が遊女歌舞伎を終焉させたのである。

こうなると、若衆歌舞伎にスポットライトが当たり始めた。折からの男色趣味の浸透とともに、当代の人気芸能として歴史の表舞台に出てきた。若衆たちの人気は、容色にもよるが、遊女歌舞伎時代よりも持ち芸の有無が重要になる。すぐれた芸や容貌の持ち主は、スター化していく。江戸を中心として活動する役者であるが、右近源左衛門《うこんげんざえもん》は、この若衆歌舞伎時代からの伝説の女方役者である。

こうして女性のお国が主役を演じた歌舞伎から大きく変貌を遂げたこの芸能が、やはり歌舞伎と呼ばれたまま継続し、約五十年を経た時、若衆歌舞伎においても、これをめぐって武士らの刃傷事件も頻発し、やはり風紀粛正の理由で、「歌舞伎」への禁止が実施された。承応元年（一六五二）のことといわれている。それ以降は、歌舞伎では、前髪を剃った成年男子でなくては舞台を勤めることができなくなり、若衆ではなく「野郎《やろう》」が出演する歌舞伎ということで、「野郎歌舞伎」と呼ばれる、いわば現代の歌舞伎と直結する時代に入ったのである。ところが、京都では、もう一つ別の動きがある。京都の村山座の大勢の役者が江戸に下る寛文元年（一六六一）頃から京都の歌舞伎には歴史上の空白があり、完全に息の根を止められたらしいのである。その後、寛文九年（一六六九）に、村山又兵衛以下七名へ興行権が与えられており（『四条芝居由緒書』)、長い興行停止のあとようやく「かぶき」は復活する。そして、ハンストまでして、歌舞伎の再開に努力した座本の村山又兵衛は、伝説の役者となる。

先述の『役者論語』の中に収録されている「芸鑑」には、

一　明暦二年丙申（一六五六）其比は京は女形のさげ髪は法度にて有しに。橋本金作といふ女形。さげ髪にて舞台へ出。其上桟敷にて客と口論し脇さしをぬきたる科によつて。京都かぶき芝居残らす停止仰付られたり。これによつて京都座本村山又兵衛といふもの。芝居御赦免の願ひに御屋敷へ出る事十余年。しかれども御とり上なかりし故又兵衛宿所へもかへらず。御屋敷の表に起臥して毎日願ひに出るニ雨露に打れし故。着物はかまも破れ損じ。やせつかれて。人のかたちもなかりしなり。其比の子供役者ども多くは商人職人と成。又は他国へ小間物なと商ひにゆくものあまた有わつかに残りし子供役者銘々に出銭して食物を御屋敷の表へはこび又兵衛をはごくみしが。芝居御停止十三年。寛文八年戊申(一六六八)にかぶき芝居御赦免なされ。三月朔日より再興の初日出せり。狂言はけいせい事也。此日は不就日なりとて留けれども。吉事をなすに悪日なしと。おして初日を出しぬ。十三年が間の御停止ゆりたる事なれば見物群集の賑ひ言語に述かたし。村山氏の大功後世の役者尊むへき事なり

とあって、記載された年代には錯誤があると思われるが、再開時のようすが詳述されている。

先ほど、歌舞伎に括弧を付けた。再開時には、「かぶき」という呼称では呼ばれていないからだ。『男《なん》色大鑑《しょくおおかがみ》』巻五には、「大歌舞妓御法度の後村山又兵衛が物まね。狂言づくしに仕掛。太夫子あまた集めしに。」とあり「物まね」や「狂言づくし」が再開されたという。興行を許可された名代も、「かぶき」の

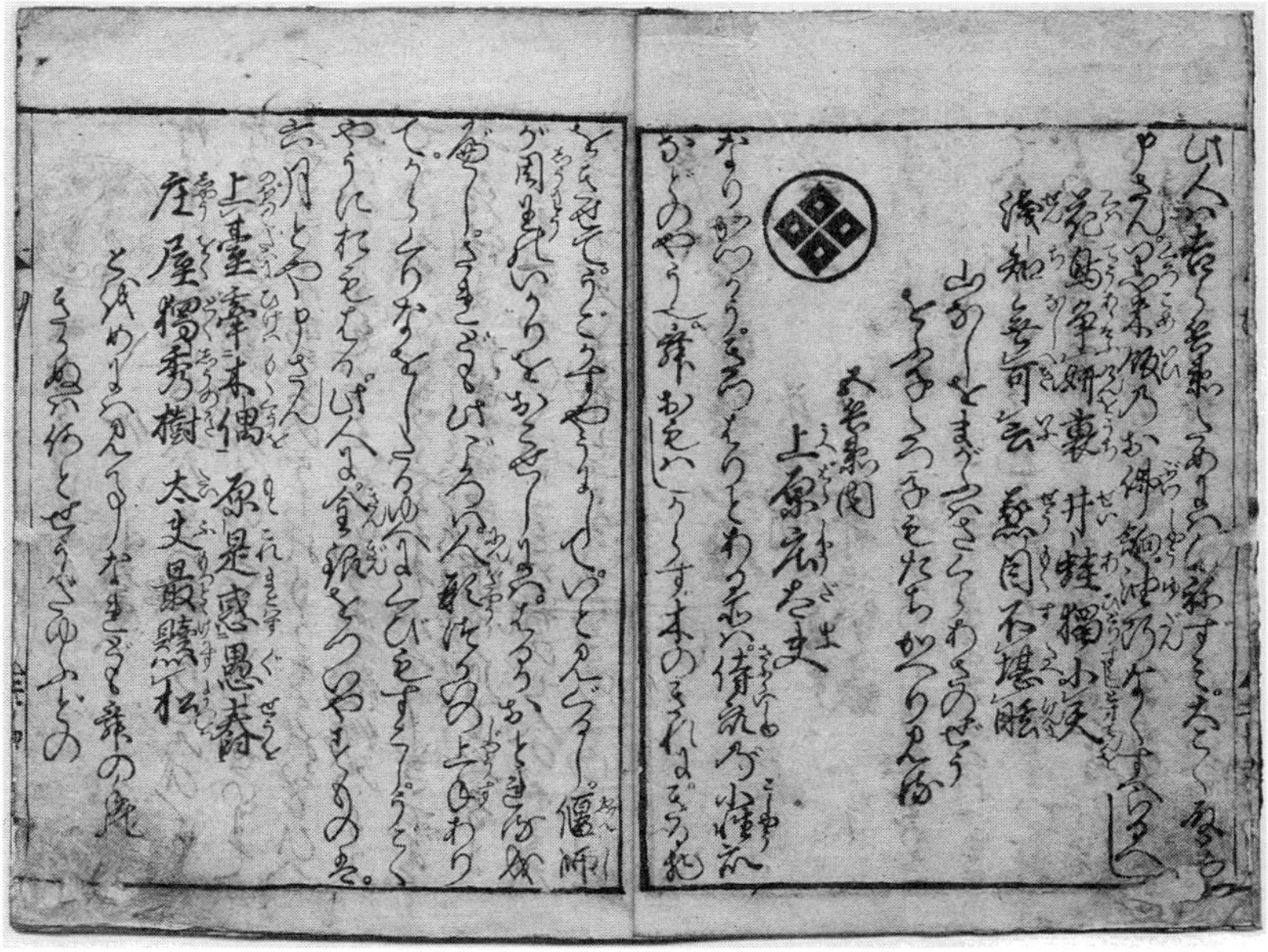

図２　万治３年（1660）『野郎虫』（立命館大学 ARC 蔵）

名目で興行権が許可された訳ではなかったのである。

若衆歌舞伎の禁止については、たとえばやはり『男色大鑑』巻五には、

一とせ難波の芝居にて。恋の奴のあばれしより。歌舞妓といふ事法度になり。太夫子残らず前髪おろして。野郎になりし時は。ひらかぬ花の散こゝちして。太夫本をはじめ。子ともの親かたふかく歎きしに。今思へば是程仕合成事はなし。

とあるように、三都ともに一六五二年以降に実施されたものなのだろう。したがって、それ以降は「野郎歌舞伎」である。ところで、万治三年（一六六〇）、京都では画期的な書物が出版されている。題して『野郎虫』（【図2】【図3】）。立命館大学アート・リサーチセンターに原本が所蔵されている。これは、遊女評判記にならって、歌舞伎

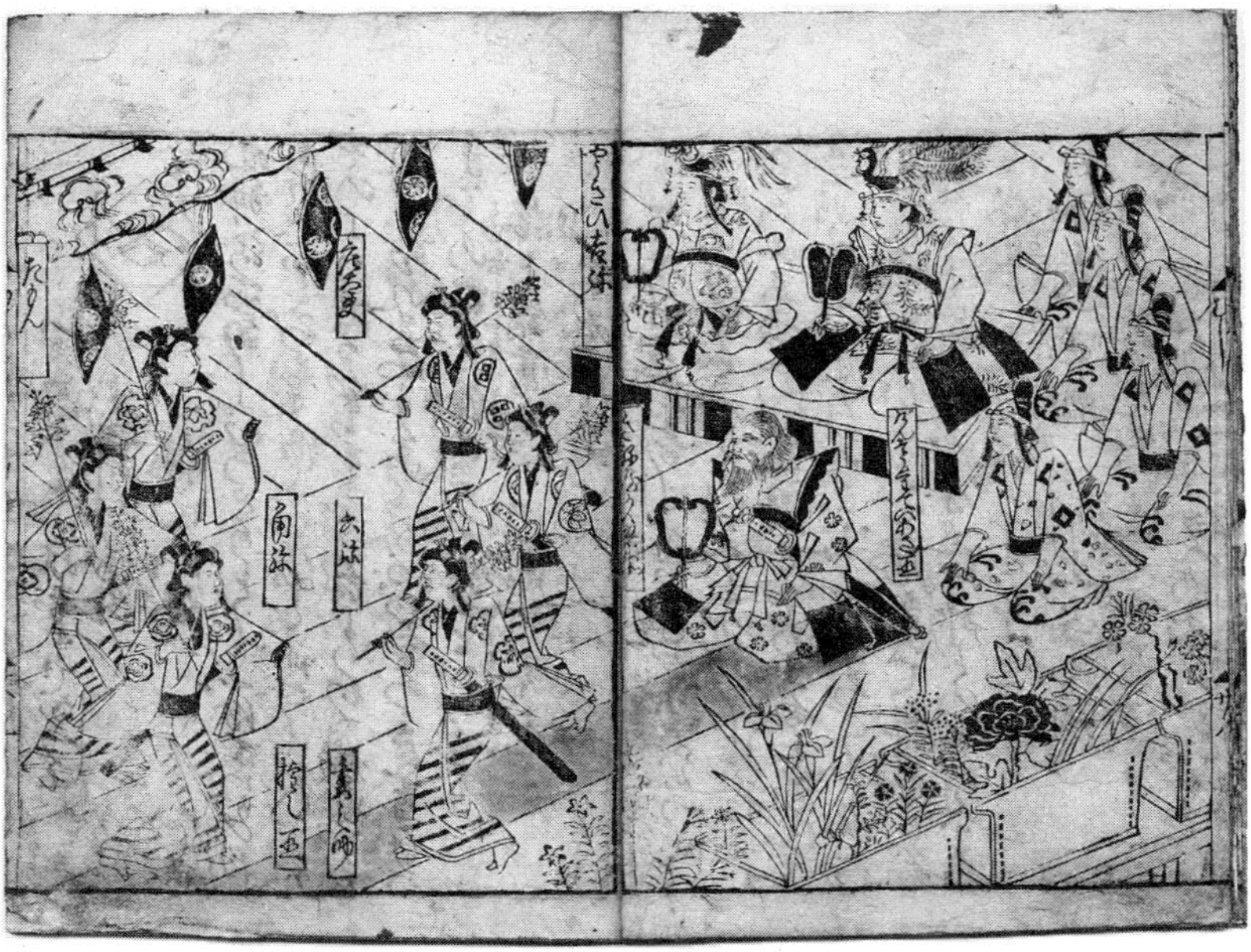

図３　万治３年（1660）『野郎虫』（立命館大学 ARC 蔵）

の役者たちの一人一人を取りあげ、評判を記した人物評論であり、その後、明治まで陸続として出版され続けた役者評判記の嚆矢《こうし》である。いわば「野郎評判記」である。一六六〇年の四条河原の役者達が対象となっている。

その一人、花井《はない》浅之丞《せんのじょう》の条を引用してみよう。

まひよし。面体よし。かんばんのかしら座を。めさるゝ人には。おしからぬ人なり。され共。ふくれすぎて。帝紅といふけだ物に似たり。取なりわろし。このごろは吉郎兵衛座。すでにつぶれなんとしけるに。たれやらん此君にめをかけらるゝ人ありて。あまたの金銀を出して。座をすくはれたるといへば。とかく此人は吉郎兵衛ためには。白ねずみ。大こく殿とや申さん。黒米飯のお仏餉油断なくすへらるへし

このように、野郎歌舞伎の時代であっても、評

するところは歌舞伎の芸ではなく、あきらかに容貌が中心である。なかには「肺のざうに。やまひの有やらん。又腸胃に積熱あるやらん。いきくさきとの取さた也。当帰連翹飲などを。二三ぶく。のませたき事なり」（松本小蔵人）などと評される役者すらある。したがって、若衆歌舞伎が禁止されても、相変わらず、歌舞伎は容色という肉体の魅力によって成り立つ芸能であったのである。

ところが、他の土地と違い、京都では長い歌舞伎の禁止期間があった。この間、歌舞伎の中心は江戸や大坂に移っていったに違いなく、野郎評判記の出版は、京都ではしばらくは認められない。むしろ、大坂の歌舞伎を対象にして、やはり井原西鶴が天和三年（一六八三）『難波《なにわ》の皃《かお》は伊勢の白粉《おしろい》』という文芸性の高い評判記をまとめている。また、貞享三年（一六八六）には、『難波立聞昔語』という三巻三冊で大坂の三座を評した評判記が出る。そして翌貞享四年（一六八七）『野良立役舞台大鏡』になってようやく京都の歌舞伎を対象とした評判記が復活してくる。坂田藤十郎に対する評文は、この本によって初めて読むことができるのである。

諸けいこうしやにして狂言もつくらるれはもづもんとうにはなさそうなぬれのやつし上手ニて半左衛門京にまかりし時は両輪の役者ぬり砥にかけても善悪はしれなんだ大坂へくだりても夕ぎりに名をあげ（中略）

一　やつしげいかるくつくろいのなきしだいなれば人ごとにすきまする
一　諸芸こうしやにして間あい上手なれはおのづから狂言がいきてみゆるなり
一　けいせいかいの大じんとなつてはあらしと一座してもひけはとらぬそ

一　げいぶりこつるいてまくらことばおゝくせりふなが過弥生に鰤くふこゝちしてしつこいといふ人あり

これらは、すでに『役者論語』などから彷彿とさせる藤十郎の芸を言い当てており、『野郎虫』のような容色に関する評はすでに見られない。

京都では、おそらくは、再開にあたって、「物まね」「狂言つくし」という文字の通り、舞踊から狂言、すなわち演劇への転換がより強調されたもののごとくで、筋書きを必要とする台詞劇中心の芸態への移行を摸索する必要性が他の土地と比べて高かったのであろう。京都の歌舞伎は、この長い禁止期間が「夕霧伊左衛門」を生み、希代の俳優坂田藤十郎を生み出したのである。そして、この坂田藤十郎が宝永六年（一七〇九）に没して以降、京都の歌舞伎は下降線を辿り、経済の中心地として、より重要になってきた大坂に主導権を譲り、大坂興行圏に含まれていったのである。

【参考資料】
・守屋毅著『近世芸能興行史の研究』一九八五年、弘文堂
・小笠原恭子著『出雲のおくに――その時代と芸能』一九八四年、中公新書
・鳥越文蔵著『元禄歌舞伎攷』一九九一年、八木書店

第5章◆夏目漱石と〈京都〉

文学部日本文学専攻・教授
瀧本和成

立命館大学文学部卒業後、同大学院に進学。他大学を経て、一九九六年より立命館大学文学部へ。専門は日本近代文学。著書に、『森鷗外　現代小説の世界』和泉書院、『森鷗外　現代小品集』晃洋書房（編著）、『明治文芸館Ⅰ～Ⅳ巻』嵯峨野書院（共編）など。

一．小説『門』と〈京都〉――問題の在処――

夏目漱石の小説『門』は、明治四十三年（一九一〇）三月一日から六月十二日まで東京・大阪両「朝日新聞」に連載された後、明治四十四年（一九一一）一月春陽堂から単行本として刊行されている。この作品は宗助と御米の夫婦生活を中心に描かれている。まず、二人はどのような夫婦として登場し、形象されているか見てみよう。

宗助と御米とは仲の好い夫婦に違なかつた。一所になつてから今日迄六年程の長い月日をまだ半日も気不味く暮した事はなかつた。言逆に顔を赤らめ合つた試は猶なかつた。二人は呉服屋の反物を買つて着た。米屋から米を取つて食つた。けれども其他には一般の社会に待つ所の極めて少ない人間であつた。彼等は、日常の必要品を供給する以上の意味に於て、社会の存在を殆んど認めてゐなかつた。彼等に取つて絶対に必要なものは御互丈で、其御互丈が、彼等にはまた充分であつた。

宗助と御米は「一所になつてから今日迄六年程の長い月日を、まだ半日も気不味く暮した事はなかつた。言逆に顔を赤らめ合つた試は猶なかつた」と語られているように、「仲の好い夫婦」として描写されている。しかしながら、二人が「社会一般」の夫婦でないところが冒頭部分から暗示的に形容されていて、その内実が中盤明かされていく。

彼等は山の中にゐる心を抱いて、都会に住んでゐた。（中略）彼等は複雑な社会の煩を避け得たと共に、其社会の活動から出る様々の経験に直接触れる機会を、自分と塞いで仕舞つて、都会に住みながら、都会に住む文明人の特権を棄てた様な**結果**に到着した。（中略）社会の方で彼等を二人限に切り詰めて、其二人に冷かな背を向けた**結果**に外ならなかつた（中略）彼等の命は、いつの間にか互の底に迄喰ひ入つた。二人は世間から見れば依然として二人であつた。けれども互から云へば、道義上切り離す事の出来ない一つの有機体になつた。二人の精神を組み立てる神経系は、最後の繊維に至る迄、互に抱き合つて出来上がつてゐた。彼等は大きな水盤の表に滴たつた二点の油の様なものであつた。水を弾いて二つが一所に集まつたと云ふよりも、水に弾かれた勢で、丸く寄り添つた**結果**、離れる事が出来なくなつたと評する方が適当であつた。（太字……筆者）

一見幸せそうな「仲の好い夫婦」だが、「社会の方で彼等を二人限に切り詰めて、其二人に冷かな背を向けた**結果**」、二人は「都会に住む文明人の特権を棄てた様な**結果**に到着」する。「山の中にゐる心を抱いて、都会に住んでゐ」る夫婦として形容されるのは、そのためである。どうして宗助と御米夫妻が「水に弾かれた勢ひで、丸く寄り添つた**結果**、離れることが出来なくなつた」夫婦として描かれているのか。二人のありようが世間一般の夫婦とはどこか違っている関係として描出されている原因はどこにあるのだろうか。

彼女は三度目の胎児を失つた時、夫から其折の模様を聞いて、如何にも自分が残酷な母であるかの如く感じた。自分が手を下した覚がないにせよ、考へ様によつては、自分と生を与へたものの生を奪ふために、暗闇と明海の途中に待受けて、これを絞殺したと同じ事であつたからである。斯う解釈した時、御米は恐ろしい罪を犯した悪人と己を見做さない訳に行かなかつた。さうして思はざる徳義的上の呵責を人知れず受けた。

御米が宗助との子を流産する場面は、彼女が「恐ろしい罪を犯した悪人」として自覚せざるを得ない情況を象徴的に表したところである。こうして宗助と御米、二人の現在と過去が交錯する形で物語は進行していく。現在彼らが置かれている情態は、二人が一緒になる前後にその起因があり、その結果「徳義上の呵責を受けた」二人として造型され、そのことと生活状況とを関わらせながら少しずつ語られていく。その二人が出逢う場所が〈京都〉である。この二人がどうして〈京都〉で出逢ったのか、それは二人の現在の生活に暗い影を落としている原因であり、すべてでもあるかのように描き出されている。本稿は、作品の主題と関わって作中描かれる〈場〉としての〈京都〉の意味を探りながら、作者漱石の意図に迫っていきたい。

二・宗助と御米──〈京都〉での出逢い──

まず、宗助と御米が初めて出逢う光景を抜き出してみよう。

宗助の此処を訪問したのは、十月に少し間のある学期の始めであつた。残暑がまだ強いので宗助は学校の往復に、蝙蝠傘を用ひてゐた事を今に記憶してゐた。彼は格子の前で傘を畳んで、内を覗き込んだ時、粗い縞の浴衣を着た女の影をちらりと認めた。（中略）其日曜に彼は又安井を訪ふた。それは二人の関係してゐる或会に就て用事が起つたためで、女とは全く縁故のない動機から出た淡泊な訪問であつた。けれども座敷へ上がつて、同じ所へ坐らせられて、垣根に沿ふた小さな梅の木を見ると、此前来た時の事が明らかに思ひ出された。其日も座敷の外は、しんとして静であつた。宗助は其静かなうちに忍んでゐる若い女の影を想像しない訳に行かなかつた。同時にその若い女は此前と同じ様に、決して自分の前に出て来る気遣はあるまいと信じてゐた。此予期の下に、宗助は突然御米に紹介されたのである。（中略）安井は御米を紹介する時、「是は僕の妹だ」といふ言葉を用ひた。

この時宗助は第三高等学校の学生で、実家が〈東京〉のため〈京都〉で下宿生活をしている。御米と出逢うのは右の描写の通り、宗助の友人安井の下宿においてである。安井は宗助と同じ第三高等学校の学生

高雄の紅葉

〈同級生〉で、やはり下宿住まいをしている。その後その安井の下宿で初めて出逢うことが、その後の宗助と御米の二人の関係、あるいは安井を加えた三人の複雑な関係を予感させる。特に安井が御米のことを「『是は僕の妹だ』といふ言葉を用ひた」と表現されているところに彼らの微妙な関係が集約され示されている。友人安井の妹として登場する御米だが、ほんとうは妹ではなく、彼女〈恋人〉であり、同棲相手である。しかしながら、作品はそのことには直截的には踏み込まず、曖昧な形で進行して行く。次の引用は、宗助、安井、御米が三人で嵐山周辺に茸狩りに出かけるシーンだが、この描写は宗助と御米二人の関係が〈京都〉を舞台に微細に変化するさまを巧く表した部分である。

其内又秋が来た。去年と同じ事情の下に、京都の秋を繰返す興味に乏しかつた宗助は、安井と御米に誘はれて茸狩に行つた時、朗かな空気のうちに又新らしい香を見出した。紅葉も三人で観た。嵯峨から山を抜けて高雄へ歩く途中で、御米は着物の裾を捲くつて、長襦袢丈を足袋の上迄牽いて、細い傘を杖にした。山の上から一町も下に見える流れに日が射して、水の底が明らかに遠くから透かされた時、御米は「京都は好い所ね」と云つて二人を顧みた。それを一所に眺めた宗助にも、京都は全く好い所の様に思はれた。斯う揃つて外へ出た事も珍らしくはなかつた。

それまで無聊《ぶりょう》な学生生活を送っていた宗助が、御米と出逢い、同じ空間で時間を共有することによって〈京都〉のイメージが豹変する場面として重要である。御米は言う「京都は好い所ね」と。それに呼応して宗助は「京都はまつたく好いところ」だと思う。退屈で辟易《へきえき》していた京都での生活が、一人の異性の存在によって一変する。それは宗助と安井との関係を変容させることも意味している。宗助は第三高等学校に入学して以来、安井が唯一の友人で、大きな存在として描かれている。

安井へ送る絵葉書へ二三行の文句を書いた。其内に、君が来ないから僕一人で此所へ来たといふ言葉を入れた。翌日も約束通り一人で三保と龍華寺を見物して、京都へ行つてから安井に話す材料を出来る丈拵えた。（中略）夫から一週間程は、学校へ出るたんびに、今日は安井の顔が見えるか、明日は安井の声がするかと、毎日漠然とした予期を抱いては教室の戸を開けた。さうして毎日又漠然とした不足を感じては帰つて来た。

学年を終え、新年度までの間帰郷した折、宗助はわざわざ新学期に安井に会った折の話題作りのために、もともと安井と一緒に旅をする予定だった興津見物（三保の松原、龍華寺）をするさまが描かれているが、それはこの時の宗助が安井との時間の共有がいかに大切であったかを物語っている。その宗助と安井が学校を舞台に育んだ友情が、御米という一人の女性の登場によって断ち切られていくのである。人間の関係の脆《もろ》さと同時に恋愛の持つ熱情がどんなに強いものであるかが、すでに御米との出逢いの前後、安井との関係で見事に映し出されている。

宗助と御米、この二人が、どんどん接近していくさまが次の展開場面である。友人の妹と説明を受けた危うさの上に成り立つ関係が、より宗助と御米を近づけることとなる。そのように配慮されて描かれており、それはこの作品の全体を蔽う特徴の一つである。微妙な関係が危うさを含みながら進行していくのが、本来の人間関係であり、それが効果的に描出される。

家の中で顔を合はせる事は猶屡あつた。或時宗助が例の如く安井を尋ねたら、安井は留守で、御米ばかり淋しい秋の中に取り残された様に一人坐つてゐた。宗助は淋しいでせうと云つて、つい座敷に上り込んで、一つ火鉢の両側に手を翳しながら、思つたより長話をして帰つた。或時宗助がぽかんとして、下宿の机に倚りかゝつた儘、珍しく時間の使ひ方に困つてゐると、ふと御米が遣つて来た。其所迄買物に出たから、序に寄つたんだとか云つて、宗助の薦める通り、茶を飲んだり菓子を食べたり、緩くり寛ろいだ話をして帰つた。

安井の留守中に彼の下宿で二人は会話を交わす。また、御米が宗助の下宿に突然訪ねて来る。友人の「妹」という表向きの関係が、割合容易に物理的に（世間体からみて）抵抗も少なく二人を接近させると共にその危うい関係がむしろ二人をして惹かれ合う要素となっている。本文中からも推されるように、二人は「淋しい」なかでお互いが惹かれ合うように描かれる。人間は常に危うさの中に存在していて、そのことが生きることの逆説的な証であるかのように描いて見せている。偶然出逢った二人が、境遇に逆らって、あるいはその境遇ゆえに離れ難き仲になって行くのである。しかしながら、彼ら二人の環境は当然ながら生易しいものではなく、厳しい状況を作り出すこととなる。

曝露の日がまともに彼等の眉間を射たとき、彼等は既に徳義的に痙攣の苦痛を乗り切つてゐた。彼等は蒼白い額を素直に前に出して、其所に焔に似た烙印を受けた。さうして無形の鎖で繋がれた儘、手を携えて何処迄も、一所に歩調を共にしなければならない事を見出した。彼等は親を棄てた。親類を棄てた。友達を棄てた。大きく云へば一般の社会を棄てた。もしくは夫等から棄てられた。学校からは無論棄てられた。たゞ表向丈は此方から退学した事になつて、形式の上に人間らしい迹を留めた。是が宗助と御米の過去であつた。

宗助と御米は、一緒になる選択をする。それは結果として二人に「徳義的に痙攣の苦痛」を招き、「焔に似た烙印を受け」ることになる。二人は、「親」、「親類」、「友達」、「大きく云へば一般の社会を棄てた、もしくは棄てられた」のである。こうした宗助と御米の陥った状況を語り手は過去形でたんたんと述べている。作者は、宗助と御米の感情を彼等からの直接の心情の吐露として描くのではなく、（距離感のある）語り手を導入することによって、二人の形象がきわめて個人的で特異な関係としてではなく、私たち近代人が生きていく上で味わわなくてはならない普遍的な問題あるいは関係として転化（昇華）させている。

それは、語り手の役割を明確に示すものであると同時に、時間構成にも密接に関連している。この作品は、宗助と御米の二人が出逢い、そして関係が密になっていくようすが、直線的な時間の経過（推移）の中では描かれておらず、冒頭部分において二人の夫婦生活がまず描き出されていることからもそれは明白である。二人が京都で出逢うシーンは、むしろ物語半ばで描かれる。それは、少なくとも二つの意味（要素）を含んでいるように考えられる。第一は、二人が陥った状況を描き出すこと、あるいはその意味を問うことがこの作品の主眼であることを物語っているということ。そのために意匠を凝らす構成となっていることが分かる。第二は、ラストシーンにおいても冒頭書き出し場面と連続する形で同じ時間軸となっており、いわば出逢いの場面が入れ子型形式で描写されているということ。時間の逆戻り（回想場面の設定）によって、物語の虚構性が発揮され、それによって劇的な臨場感を味わうことができる仕掛けとなっている。そして、人間の現実生活において起こる原因と結果が、むしろこの作品では結果が原因を浮き立たせるよう設定されているといえる。そうした時間構成に沿って作品の時間軸は、現在が〈東京〉、過去は〈京都〉を舞台として設定され、物語が展開するよう図られている。

三．近代人と〈京都〉――その意味するもの

次に登場人物たちの心情の変化や時間構成と絡み合いながら描かれる回想場面としての〈京都〉の意味について探っていこう。作品中での舞台〈京都〉の意味を探るに当たって、漱石が〈京都〉を描いた他の作品にふれておきたい。漱石が〈京都〉に来た時の心境（思い出）を綴った文章に「京に着ける夕」があ

る。正岡子規との〈京都〉での思い出を重ねる形で記された随筆である。(1)

京は淋しい所である。（中略）此淋しい京を、春寒の宵に、疾く走る汽車から会釈なく振り落された余は、淋しいながら、寒いながら通らねばならぬ。（中略）東京を立つ時は日本にこんな寒い所があるとは思はなかつた。昨日迄は擦れ合ふ身体から火花が出て、むく〳〵と血管を無理に越す熱き血が、汗を吹いて総身に煮浸み出はせぬかと感じた。東京は左程に烈しい所である。此刺激の強い都を去つて、突然と太古の京へ飛び下りた余は、恰も三伏の日に照り付けられた焼石が、緑りの底に空を映つさぬ暗い池へ、落ち込んだ様なものだ。

引用本文中「淋しい」、「寒い」という言葉がそれぞれ三回も繰り返されて表現されているのが、目を惹く。漱石は、〈京都〉を「淋しい所」だと感じている。それは冬の〈京都〉が気候的に「寒い」という意味の他に、〈東京〉と比較しての言葉であることにも注意しなくてはならない。「擦れ合ふ身体から火花が出て、むく〳〵と血管を無理に越す熱き血が、汗を吹いて総身に煮浸み出はせぬかと感じ」るぐらい〈東京〉は「烈しい所である」と述べていることからもそれは分かる。漱石は〈京都〉の寒さに「淋しさ」という感情を連ねて感じているということになる。その「淋しさ」はもちろん先述した通り、子規との思い出と無縁ではない。

始めて京都に来たのは十五六年の昔である。その時は正岡子規と一所であつた。麩屋町の柊屋とか云ふ家へ着いて、子規と共に京都の夜を見物に出た（中略）子規は死んだ。（中略）あゝ子規は死んで仕舞つた。糸瓜の如く干枯びて死んで仕舞つた。（中略）余は寒い首を縮めて京都を南から北へ抜ける。

子規の死が、漱石に楽しかった子規との〈京都〉での旅を一層感慨深いものにし、「淋しさ」が込み上げてくる状況を醸し出している。「あゝ子規は死んで仕舞つた」という感情の発露がそれを物語っている。それはかけがえのない友人を失ったどうしようもない「淋しさ」、孤独感と結びついている。漱石の文芸観や生き方を受け止めてくれ、かつ理解してくれた友人子規の存在がいかに大きかったかが、この文章を通して伝わってくる。それと重なる形で近代人の「淋しさ」が表出されているのが、この作品のもう一つの特徴である。この随筆は子規との交情と別れ（解逅《かいこう》と別離）という個人的体験から、近代人が陥らざるを得ない状況としての「淋しさ」を連続させて表現しているといえる。この時期〈東京〉は日本において最も近代化が進む都市だが、近代化の真っ最中の〈東京〉では、ほとんどの人は「淋しさ」を感じている暇がない。皆忙しいのである。「擦れ合ふ身体から火花が出」るくらい「熱く」、「烈しい」ところなのである。その新都〈東京〉をしばし離れたとき、漱石は近代という時代に生きるわれわれが抱かざるを得ない心境である「淋しさ」を「太古の」昔から都（日本の中心、新文化の担い手であり、発信地）として存在し続けた〈京都〉、その「千年の歴史を有する」〈京都〉に、古都のありようを感得しながら実感したのだといえよう。それは、二回目の〈京都〉旅行の折、「旅に寒し春を時雨れの京にして」（「日記」明四十年四月一日付）と詠んだ漱石の胸中にすでに去来していた感情であったかも知れない。

近代人が根底に抱えざるを得ない「淋しさ」は、同じ〈京都〉を舞台に描かれた小説『虞美人草《ぐびじんそう》』においても東京との対比で人物形象に生かされ描かれているといえよう。

虞美人草(2)は毎日かいてゐる。藤尾といふ女にそんな同情をもつてはいけない。あれは嫌な女だ。詩的であるが大人しくない。徳義心が欠乏した女である。あいつを仕舞に殺すのが一篇の主意である。（中略）小夜子といふ女の方がいくら可憐だか分りやしない。

これは、漱石が『虞美人草』について小宮豊隆宛書簡（明治四十年七月十九日付）で記している文章である。書簡中漱石は、小野清三との結婚をめぐる三角関係が描かれる中で、虚栄心の塊とでもいうべき「徳義心が欠乏した女」性甲野藤尾と、五年間も小野を未来の夫としてひたすらおとなしく待ち続ける「過去の女」とでもいうべき「可憐」な女性井上小夜子とを対比している。この小説は〈東京〉と〈京都〉をそれぞれの登場人物の住居の場（生活圏）として描き、彼女らを交わらせることによって衝突が起きるように配（設定）されている。藤尾を〈東京〉に住まわせ、一方の小夜子は〈京都〉に「古への人」であるかのような父と二人で暮している。こうした〈東京〉と〈京都〉を絡めた二人の形象の対比は、先述の「京に着ける夕」でのそれと通底している意識であるといえるだろう。

それは、小説『こゝろ』においても近代における普遍的な問題として提出されている。

「私は淋しい人間です(3)」と先生は其晩又此間の言葉を繰り返した。「私は淋しい人間ですが、ことによると貴方も淋しい人間ぢやないですか。（中略）先生は斯う云つて淋しい笑ひ方をした。（中略）私は今より一層淋しい未来の私を我慢する代りに、淋しい今の私を我慢したいのです。自由と独立と

己れとに充ちた現代に生れた我々は、其犠牲としてみんな此淋しみを味はわなくてはならないでせう

『こゝろ』の「先生」をして個人主義という新しい価値観を生んだ「現代に生れた我々は、其犠牲としてみんな此淋しみを味はわなくてはならないでせう」と語らせる箇所は、作者の近代（社会）観が滲み出ており、作品『こゝろ』の主題の一つであるといえるだろう。漱石は、この作品で「先生」の孤独が単なる個人的経験だけに留まるものではなく、近代人の「淋しさ」を時代の孤独として描出しているのである。作品『門』においてもそれは共通しており、宗助と御米夫妻の形象を通して近代人の「淋しさ」、孤独を表出させているのである。ただその時大事なことは宗助と御米夫婦を単純な形の近代人の孤独として描き出しているのではないことも留意しておかなくてはならない。安井という宗助にとってかけがえのない友人（御米とっては元恋人）を裏切ってでも一緒になろうとする二人にとって、当然背負わなくてはならない表象としての孤独と暗さなのである。そこに近代人の自我の底に存在するエゴイズムが潜んでおり、三角関係の中で起こり得る状況として近代社会の倫理観の問題と合わせて描出して見せたのである。

宗助は家へ帰つて御米に此鶯の問答を繰り返して聞かせた。御米は障子の硝子に映る麗かな日影をすかして見て、「本当に難有いわね。漸くの事春になつて」と云つて、晴れ〴〵しい眉を張つた。宗助は縁に出て長く延びた爪を剪りながら、「うん、然し又ぢき冬になるよ」と答へて、下を向いたまゝ、鋏を動かしてゐた。

というラストシーンは、この二人の生の空間を示しているとともに宗助と御米がこれからも過去を背負っ

て生きていかなければならない状況を見事に表現している。冒頭とラストの時間軸が同じ針を指すように設定することによって、作者は現在の二人を照射することに力点を置くのである。それは、宗助と御米夫妻からむしろ近代人のありうべき関係を描出したといってよい。そういう視点から見るならば、この作品は逆説的な理想の夫婦像を描いて見せた作品であるといえないだろうか。何かを得ようと思えば、何かを犠牲にしなければならないと悟ること。それは、欲望というものが再生産されて行く近代資本主義社会に生きる人間への処方箋であると同時に警鐘でもある。それは利己主義の欲望に塗《まみ》れていく近代人への批判摂取として見なすことが可能であり、そこに「静かな」世界に閉じこもる二人を造型する最大の理由があったと考えられる。結果「こんな風に淋しく睦まじく暮ら」す宗助と御米夫婦が語られるのである。

四．漱石と〈京都〉――「淋しさ」の位相――

近代社会が生み出すさまざまな欲望、近代人に特有の欲深について、漱石は「私の個人主義」(4)で次のように述べている。

個人主義といふものは、（中略）党派心がなくつて理非がある主義なのです。朋党を結び団隊を作つて、権力や金力のために盲動しないといふ事なのです。夫だから其裏面には人に知られない淋しさも潜んでゐるのです。既に党派でない以上、我は我の行くべき道を勝手に行く丈で、さうして是と同時に、他人の行くべき道を妨げないのだから、ある時ある場合には人間がばら〳〵にならなければなりません。其所が淋しいのです。

この評論は、大正三年（一九一四）十一月二十五日に学習院・輔仁会の依頼で行われた漱石の講演記録である。ここで漱石は、「個人主義といふものは」「党派心がなくつて理非がある主義」であることを説いている。その上で「朋党を結び団隊を作つて、権力や金力のために盲動しない」ように戒めていることが重要である。近代という同時代に生きる若い世代の学生たち（未来の近代日本社会の担い手たち）に向けて、近代資本主義社会が経験する疎外状況を認識することの必要性と、そこに生きる人間の弱さや社会で生きるということの意味を「自己本位」、あるいは「個人主義」の持つ特質の両面を指摘する形で、自己の英国留学体験を披露しながら分かりやすく説明し、日本近代社会の問題点を提示している。左記の引用文からも明らかなように、この評論（講演記録）は近代社会に潜む欲望と対の関係で、人間に「淋しさ」が存在していることも解き明かしている。個人主義を貫いていく「ある時ある場合には人間がばら〴〵にならなければなりません。其所が淋しいのです」という言葉には、漱石の孤独なる魂の叫びが諦めと似た形で言い表され（表現され）ているようである。

近代社会が孕む問題を抉り出し、それらと対峙しようとする漱石の態度は、たとえば新設された京都帝国大学文科大学英文学科教授に招聘された時の辞退理由にも表れている。漱石は学長狩野亨吉へ次のような文面の書簡（明治三十九年十月二十三日付）を返信として書き送っている。

京都はいゝ所に違ない。（中略）一体がユツタリして感じがいゝだらう。そんな点で東京と正反対だらう。僕も京都へ行きたい。行きたいが是は大学の先生になつて行きたいのではない。遊びに行きたいのである。自分の立脚地から云ふと感じのい丶愉快の多い所へ行くよりも感じのわるい、愉快の少ない所に居つてあく迄喧嘩をして見たい。（中略）僕は世の中を一大修羅場と心得てゐる。さうして其内に立つて花々しく打死をするか敵を降参させるかどつちにかして見たいと思つてゐる。（中略）社会一般の為めに打ち斃さんと力めつ丶ある。而して余の東京を去るは此打ち斃さんとするものを増長せしむるの嫌あるを以て、余は道義上現在の状態が持続する限りは東京を去る能はざるものである。

手紙の内容から、漱石が〈東京〉で住むことに拘《こだわ》っているようすがうかがわれる。〈東京〉に居続ける決意が述べられているところがひと際目立っているように感じられる。「僕は世の中を一大修羅場と心得てゐる。さうして其内に立つて花々しく打死をするか敵を降参させるかどつちにかして見たいと思つてゐる」という言葉には、近代社会の矛盾点を凝視しようとする漱石の態度が明確に顕されていて興味深い。「余の東京を去るは此打ち斃さんとするものを増長せしむるの嫌あるを以て、余は道義上現在の状態が持続する限りは東京を去る能はざるものである」という一文には近代社会を見定めようとする漱石の覚悟が、〈東京〉で生活することと重ねて示されていることが分かる。こうした態度は、『門』をはじめとする数々の作品の中で主要テーマとして描出されていることからも明らかであろう。そして、漱石が追求し続けた問題が、小説において逆説的に複雑な人間模様の中で展開されていくのが、小説の世界であり、それは虚構においてもっとも発揮されることを知る漱石の文学観と通じている。さまざまな諸相が複雑に絡み合いながら進行していくなかで、人間の生は単純ではなく、その複雑さゆえに微妙に揺れる心情や繊細さゆえの弱さが厳しい環境の中で露呈していくのである。漱石はそのような世界を象徴性や暗示性を巧みに言葉に表象しながら描き、人間の本質に迫るべく意図している。私たち読者はそうした人間の本質なるものを作品から摑みとることが試されている。作者の意図ゆえに描かれた場面と作者の意図にかかわらず現在私たちが考え、追求しなければならない課題を作品は提示しているのである。その意味からすれば、この作品における〈場〉は、作者の鋭利な意識が強く働いている箇所だといえる。〈場〉の設定と構成意識によって、近代人の細心のこころ模様と近代社会の撞着を最小にして最深の縮図として提示する効果が発揮されている。『門』においては、宗助と御米夫婦が生きる小世界が、実は近代人と近代社会の最小単位として、縮図して見せた空間なのである。その中でひっそり静かに暮らすことを余儀なくされている二人がいる。

小説『門』は、一人の理解者、あるいは共生者がいればわれわれは近代社会に潜む孤独と共存できることを気づかせてくれる。自己本位に生き（ようとす）る近代人が、感じざるを得ない「淋しさ」、その孤独感を共有すること、そこに近代人のエゴイズムを制御する鍵が匿されていると考えた作者漱石がいる。現代人は明治の近代知識人の生き難さの延長線上で生活しているのであり、宗助と御米の二人の生き方は、まさに現在を生きるわれわれを照射しているのである。そういう意味で、『門』はまさに近代（人）が共有せざるを得ない「淋しさ」を実感する物語として措定された（また逆措定としても成立する）作品である。宗助と御米、「淋しさ」を共有する二人が惹かれ合い、接近して行くこの物語は、〈京都〉という舞台〈〈場〉〉が「京に着ける夕」など他の作品で語られた「淋しさ」の位相と共通し、それらを包含する形で意味づけられており、二人の人生の転回点として位置づけられるだろう。

※　なお、本文引用は、初出および初版を参照しつつ、原則として『漱石全集』全二八巻・別巻一（岩波書店　一九九三年十二月～一九九九年三月）を使用し、旧字は新字に改めた。
本論考は「論究日本文学」第八八号（二〇〇八・五）に発表したものを補足、転載した。

【註】

（1）「大阪朝日新聞」上・中・下（明治四十年四月九日～十一日）

（2）初出は、「東京朝日新聞」および「大阪朝日新聞」（全一二七回、明治四十年六月二十三日～十月二十九日、ただし、「大阪朝日新聞」は十月二十八日で終了）。初版は、明治四十一年（一九〇八）一月春陽堂より刊行。

（3）初出は、「東京朝日新聞」および「大阪朝日新聞」（全一一〇回、大正三年四月二十日～八月十一日、ただし、「大阪朝日新聞」は八月十七日で終了）。初版は、大正三年（一九一四）九月岩波書店より刊行。

（4）初出は、馬場勝弥後援会編『孤蝶馬場勝弥氏立候補後援　現代文集』（大正四年三月、実業之世界社）で、「輔仁会雑誌」第九五号（大正四年三月、学習院輔仁会）にも掲載されている。

第6章◆日本画にみる京の雅

文学部・特別招聘教授
島田康寛

昭和二十年奈良県生まれ。関西学院大学文学部美学科卒。奈良県立美術館学芸員、京都国立近代美術館学芸課長を経て現職。専門、日本近代美術史。著書『フュウザン会と草土社』『明治の京都洋画』『須田国太郎』『福田平八郎』『京都の日本画 近代の揺籃』『安井曽太郎』『変容する美意識 日本洋画の展開』『村上華岳』他。

一・「雅」とは何か

本題に入る前に、まず「雅」とは何かということについて私なりに考えておきたい。

国語辞典で「雅」という語を引いてみると、宮廷風であること、上品で優美なこと、また、そのさま。風雅、風流とあり、反対語として「俚《さと》び」と書かれている。また、「雅」と関わりのある語である「都」を引いてみると、「宮処《みやこ》」の意として、皇居のある所、首府、首都。政治、経済、文化の中心として賑やかな所。都会。あることが盛んであったり特徴であったりする都会、とある。確かに、「都」を二つの文字で「宮処」という風に書くと、その意味がより分かりやすい。この「宮」は、神社のことをいう「お宮さん」の「宮」と基底は同じであり、「皇居」を指して「宮」と言ったようである。政治、経済、文化の中心として賑やかなところであり、これがさらに、人が沢山集まるところという意味も加えて「宮処」という言葉ができ、「都」という文字を当てて「みやこ」と読むようになったようである。そこから、「宮」風であること、「宮」びているということ、すなわち都風であるということを「みやび」というようになったのであり、そのような意味あいが「雅」という言葉の中には含まれているわけである。「都鄙《とひ》」という言葉があり、これは都と鄙《ひな》、都会と田舎という反対語によって作られた熟語だが、単にそれだけでなく、その背後には、古代社会における天皇の存在が重要な意味を持っていたのである。それが「都」と「鄙」を区別する大きな要因だったのであろう。以上が国語辞典から推測されることである。

一方、漢和辞典を見ると当然同じようなことが書かれているのだが、漢字が中国で生まれた文字であることから、日本にはない意味も含まれている。たとえば、正しい音楽の意で雅楽を指したり、天下の政治をうたったもので、天子、諸侯の宴会に用いる厳正な詩の意となり、「みやびやか」「あでやか」「うるわしい」という意味も派生しているという。これは、「都」という文字に「みやび」「みやびやか」「さかん」「あでやか」「うつくしい」という意味が派生しているのとも通じる。日本で使っているような意味あいの「都」とか「雅」というところの意味あいも、すでに含まれているということである。

さらに、白川静先生の『字訓』で「みやび」（都・雅）を引くとやはり同じようなことが書いてあるのだが、興味深いのは次のような歌が引かれていることである。万葉集の「あしひきの山にし居れば風流《みやび》無み吾がする事《わざ》をとがめ賜ふな」という歌である。ここでは「みやび」に「風流」という字を当てている。自分は山に居るので、宮廷風、都風でなく、典雅、文雅、都雅でもない。そんな都振りを解しない田舎風の自分のすることをどうか咎めないでほしいというような意味だが、この意味するところを「風流」という文字で表現しているところが面白い。また、「みやこ」(都・京)をみると、他の辞書とほぼ同様ながら、「『みや』は本来は神霊の居るところで、『みやこ』は『みや』がすでに皇室の意となった後の語である」という説明があり、神社と皇居をつなぐ説明がきちんとなされていてわれわれの理解を助けてくれる。ここでも万葉集の歌が引かれていて、その一つを挙げると、「采女の袖吹き反す明日香風京都《みやこ》を遠みいたづらに吹く」というのがある。ここでは「みやこ」に「京都」の字を当てている。藤原京に都が遷ったため飛鳥京は旧都になるわけで、「采女の袖吹き反す明日香風」は、「いたづらに吹く」というのだ。飛鳥古京と新京である藤原京との距離はさほど離れてはいないのだが、当時の人々からすれば皇居が遷ってしまったということの意味は大きかったのだということが想像される歌だ。「大王は神にし座せば水鳥の多巣《すだ》く水沼《みぬま》を皇都《みやこ》と成しつ」という歌も挙げられていて、「みやこ」に「皇都」を当てることで、「みやこ」の意味は的確に表現されている。

これを整理すれば、今日用いられている「雅」という言葉には古くからその実体があり、基本的には大きく変化することなく伝わり、ほぼ皇都《みやこ》風という感じに受け取ればいいのではないかと思われる。

二 西と東――公家と武家

「東男に京女」という言葉は東国の男性に比較するに京の女性をいうのだが、ここでいう東男とは、関東の人には失礼だが風流を解しないという意味であり、京女には都の女性、都びていて美しいという風な意味あいがある。これは東国に武士階級が生まれたころに東西が対比された言葉であるが、江戸時代にも江戸の武家に対して京の公家が対比された。

武家発生のもとをただせば、武力によって公家に仕え、公家を警護する集団であり、右の言葉はその反映である。荘園管理に当たっていた彼らが平安時代の終わりくらいになって力をつけ、まず、平氏の大将平清盛がある時期権力を握って都を仕切ることになるが、公家文化に憧《あこが》れた結果、武家であった平清盛と平氏一門は公家化していき、ついに平氏は力を失っていく。おそらく、そんな教訓を学んで、次に権力を得た源氏の棟梁源頼朝は都である京に上らず、京から遠く離れて鎌倉に幕府を開く。天皇を中心とした公家社会である京と、源氏を中心とした武家社会である鎌倉という二つの極が生まれて、実際は鎌倉の武家が日本の政治を支配していくことになる。そうなると、天皇や公家が持っていた力は弱まるが、源氏の支配は長くは続かない。次に、栃木県の足利あたりを本拠とした武家集団を率いた足利尊氏が力を持ち、源氏とは違って京に上って室町幕府を築いた。しかし、そこにはやはり京の陥穽《かんせい》が用意されていて、足利氏の都暮らしが続くと、本来の武家的な猛々しさが失われて公家化していく。金閣で知られる鹿苑寺を建てた足利義満から慈照寺銀閣を建てた足利義政へと、次第に公家化していくとともに政治権力さえ失っていく。やがて動乱の時代に移るわけである。

そんななかから出てきたのが織田信長とか豊臣秀吉という武将たちだが、彼らは足利氏よりもずっと強い権力を持っていたから、自分たちの文化を作っていく。しかし、最終的にこの権力闘争に勝利した徳川家康は、再び京から離れた江戸に幕府を開く。強力な支配体制を確立したことと、京から遠く離れた江戸に幕府を開いたというところに、徳川幕府の長い政権維持の秘密があるように思われる。そして、そういう二極システムが、ある意味では日本のなかで上手く作用した。権力を持って政治を行う側と、文化的権威を持って存在する側、この二つのものの並存が、江戸時代という太平の時代を長く続ける要因となったのである。

こうして江戸時代が始まり、ある時間を経過すると、たとえば歌舞伎の世界などにおいても、もともと上方では世話物という義理人情のなかでの男女関係の機微をテーマにした芝居を上演していたのだが、江戸では市川團十郎などが出てきて荒事《あらごと》という勇士や鬼神を主役とする雄壮な芝居に変化させる。上方の和《わ》事《ごと》に対する荒事である。歌舞伎にしてもそれぞれに違いが生まれて来、それぞれに別のよさをもって発展していく。

当然、言葉遣いなども違う。私などのように関西生まれの関西育ちで、今も関西に住んでいると、話し方は関東の人とはかなり違う。なにか「とろい」という感じがするのではないか。東京の人ならば、もっとはきはきとして、パッパッと歯切れのいい話し方をする。そんな風なものが、文化の違いの一つとして、西と東との間にはあるのだ。

そんななかで、先に述べたように、京都的なものを捜すとする。たとえば東京の人が京都に旅行し、土産に和菓子を買ったとする。綺麗な趣向を凝らした柔らかな生菓子。見るだけでも嬉しいし、口にすればとろけるような甘美な味わいである。あるいは焼物を買ったとする。京焼《きょうやき》である。全国にはどこに行ってもそれぞれの土地の焼物はあるが、京焼は実に綺麗だ。絵つけが華麗なだけでなく、触ってみても磁器にはない、陶器としての柔らかい感触があり、全体にほんわりとしている。そういう京焼の湯飲みを東京に持って帰り、家で使ってみると、それが一つあるだけで食卓なりその周りの雰囲気がちょっと変わる。

図1　御所人形

そんな気がするのだ。最近では京都以外の土地でも知られるようになった「はんなり」という京言葉があるが、そんなものが京焼にはあるのだ。はんなりというのは、派手ではあるが、かといってただ単に派手なのではなく、派手さのなかに派手でないものがある、決して地味ではないのだが、ギンギラはしていなくて品がある。他の言葉には容易に置き換えられないのだが、それが「雅」というものの今に残る姿ではないかと思う。

もちろん、他のものにも同じようなことが言える。たとえば京人形だ。京都にはあちこちに人形店があるし、土産物屋にも人形はある。そんななかに御所人形【図1】というのがある。もちろん、御所で作ったのではないし、公家が作ったものでもない。職人が作ったのだが、御所に仕える人とかその周辺の関係者が、他所から来た人にお土産として差し上げるものとして使われたので御所人形というのだ。この御所人形は、まるくつるっとした白い肌の優雅で可愛い童形の人形で、頭が胴体と同じくらいの大きさをしている。こういうものがいかにも京都らしいと思うのだ。そういう京都らしいというところが、きっと「雅」というものの実体とかなり近いのではないかと感じられる。

三．狩野派と琳派の変遷

それでは絵についてはどうか。狩野《かのう》派に例を取れば、狩野派は室町時代に伊豆の方から京に上った狩野正信《まさのぶ》が開いた画派で、その子の元信《もとのぶ》の時に基礎を築いて発展した。桃山時代の狩野永徳《えいとく》に至って、織田信長や豊臣秀吉に仕えて城郭を飾り権威づけるための豪壮な作品を描いて大きく花開いた。大きな襖や壁などに金箔をふんだんに使って豪快な絵を描いて権力や富力を視覚化したのである。

この狩野永徳の子孫は、徳川家康が江戸に幕府を開くとほとんどがこれに従い江戸に移る。武家のほとんども江戸に移ると、京には天皇や公家たちが御所のあたりに残ることになり、その他は僧侶や神官、町衆や町民たちということになる。こうして江戸が政治の中心となり、京がなお宮廷風、公家風の文化の中心であることが定まると、狩野派自体も江戸に移った江戸風の狩野派と京に残った京風の狩野派に変わっていくことになる。京では、かつては豪壮な大障屏画に力強い表現をしていた狩野派が次第に優しい感じに変わっていく。たとえば、京狩野の祖となった狩野山楽《さんらく》の《松鶴図》や狩野山雪《さんせつ》の《雪汀水禽図屏風》を見れば、永徳などの作品に比べると非常に優しく、柔らかく、時には繊細でさえあるのが分かる。

そういう感じが一番よく分かるのは琳派《りんぱ》である。琳派というのは、宗達光琳派とも言われるように、桃山時代から江戸時代初期の俵屋宗達《たわらやそうたつ》を祖とし、江戸時代中期の尾形光琳《おがたこうりん》によって大成され、江戸時代後期の酒井抱一《さかいほういつ》が最後を締めくくる、師承関係のない、独自の装飾様式の継承による画派と説明されている。

宗達は京で扇屋を営んでいた町絵師で、たっぷりとした雰囲気の装飾的様式の絵で知られるが、たとえば宗達の《双犬図》は白い仔犬と黒い仔犬がじゃれ合っている絵だが、これは白と黒の対比だけで華やかさはない。しかも、たらし込みを用いるなど派手さよりも装飾性の方に比重がかかった絵だ。塗った墨がまだ乾かないうちに水滴をぽとっと垂らすと、もやもやとした滲みができる、その効果を狙ったのがたらし込みだが、扇屋であった宗達の、ある意味で工芸的でありながら、偶然性をうまく生かした技法がうかがえる。やはり宗達の有名な《風神雷神図屏風》は全部金地で、風神も雷神も実在しないものだが、絵にすればこんな風になるという姿をユーモラスに視覚化している。こういう極彩色の作品もあり、さまざまな技法を駆使して、しかも装飾的に描いたのが琳派の作品だ。

日本美術には元来装飾的特質があり、西洋絵画が持っているようなリアルさはない。しかし、現実とは別の、絵画としての独立した世界を創り出すということを日本美術は追究してきたのである。それが桃山時代に華麗に花開いたのが琳派なのだ。

尾形光琳は桃山時代以来の京の高級呉服商の生まれで、弟に陶芸家の乾山《けんざん》がいる。《紅白梅図屏風》の画面中央にあるのは川であるが、こんな形の川などないし、こんな形の波などなおさらない。非常に象徴的に描かれており、その点では、この白梅のように下に垂れ下がり、またこうまで極端に上に折れ曲がった枝など実際にはあり得ないが、いかにもありそうな、そして確かに梅の枝だなという感じがする。西洋絵画とは別のリアルさと言えるだろう。尾形光琳の《躑躅《つつじ》図》。これは小さくやさしい絵だ。なにか遊び心で描いてみたかなというように感じさせる絵で、装飾性と詩情を感じさせる優しいものだ。また、こうした装飾性を工芸作品に用いると《八橋《やつはし》蒔絵《まきえ》螺鈿《らでん》硯箱《すずりばこ》》のようなものができあがる。光琳のデザインで、

図２　扇面貼交手筥　尾形光琳　重要文化財（大和文華館所蔵）

硯箱という直方体の表面に燕子花《かきつばた》と八橋をうまく組み合わせて装飾し、『伊勢物語』の八橋の段を表現している。そして蓋を開けると、その裏には金描の波の絵がある。見えないところにまで心配りがなされている作品である。

ある時、光琳が親しい友人たちと花見に行く。その友人たちというのは芸術や芸能に通じた人たちで、互いに趣向を凝らした弁当を持って行こうということになり、さて弁当を開いてみると、光琳の弁当は一向に派手やかさもなく、竹の皮に包んだ何の趣向もないものだったという。しかし、食べていくにつれ、少しずつ竹の皮の内側に描かれた華麗な絵が見え始め、皆があっけに取られていると、食べ終わった光琳はその美しく内側に装飾を施した竹の皮をポイと川に投げ捨てたという。せっかく美しく絵を描いてきた竹の皮を友人に見せるでもなく、惜しげもなく捨てると、その竹の皮は美しく煌めき

図3　神坂雪佳　四季草花図（個人蔵）

ながら水の上を流れていったのである。この行為のなかに、光琳の鮮やかな美意識が潜んでおり、美や趣味というものが日常と一体となった美的生活の素晴らしさを伝えている。《八橋蒔絵螺鈿硯箱》の蓋裏の装飾とも通じる逸話である。《扇面貼交《せんめんはりまぜ》手筥《てばこ》》【図2】も光琳が描いた扇絵や団扇《うちわ》絵を手箱の外側にも内側にも貼り交ぜた、同じ趣好の仕立てである。また、《燕子花図屛風》では、金地に燕子花の群落をいくつかの少グループに分けてリズミカルに配置していて、装飾性に律動性が加味されている。

このような桃山時代から江戸時代中期にかけての京都で完成した琳派は、いきいきとした生命感と日本独特のリアル感によって支えられ、時には大胆に、時には繊細に、時には詩的に、時にはお洒落に、さまざまに表情を変えながら生活のなかにあった。太平の皇都《みやこ》の民の暮らしである。

ところが、江戸時代も中期を過ぎると、江戸にも独自の文化が生まれ成熟していく。江戸時代後期の人で、姫路城主酒井忠以《ただざね》の弟として江戸に生まれ、早くから各種の文芸に才能を示した酒井忠因《ただなお》こと酒井抱《ほう》一《いっ》が、光琳らの画風に共鳴し、江戸で琳派を再興することになる。これが江戸琳派といわれるもので、《夏秋草図屏風》は、その代表的な作品だ。金地ではなく、銀地が用いられていることもあるが、絵自体にぴりっとした、一種の緊張感がある。鷹揚でふわっとした宗達に比べると光琳にもややそういうところが見られたが、抱一ではなお一層その感じが強く、「粋」な江戸の美意識が感じられる。

琳派は抱一をもって最後とされるのが一般的だが、その後継者としては、明治時代になって京都で琳派を復興した神坂雪佳《かみさかせっか》も加えるべきだろう。その雪佳の《四季草花図》【図3】などを見ると、不思議なことに、抱一のような世界とは違い、やはり京風のふわっとした鷹揚さが見られる。京都で琳派が復興することで、琳派は再び宗達や光琳の世界に立ち戻ってしまう。京と江戸が文化の違いをそれぞれに継承している状況がおのずから現れたものといえるだろう。京と江戸、京都と東京という二つの都市は、一つにはなれない異なった文化を育てて来、今もなお異なる美意識を持ち続けているのである。

四　写生と花鳥諷詠

「粋《いき》」という言葉を辞書で引くと、気性、態度、身なりが垢抜けしていて張りがあり、さっぱりしていて自然な色気の感じられること、また、そのさま。「粋《すい》」と書かれている。また、その反対語として「野《や》暮《ぼ》」という言葉が出ている。この「粋」と「意気」はその根底を共通にしていて、人生意気に感ずなどという使われ方をすることもある。辞書では「意気」という言葉について、何か事をしようという積極的な気持、気構えを言い、気持の張りの強いこと、根性、意気地、さらには気立て、心ばえ、気風と書いている。それが中途半端だと生意気ということになる。本当の意気ではないということである。また、「粋」の世界は遊里、色町での遊びと関連してくる。中途半端、生半可では駄目で、はっきりとした自分の美意識を持っていないと半可通《はんかつう》となるのである。こういう風な世界を一番よく表現しているのが浮世絵だ。江戸の一般庶民のなかに解放された美術として浮世絵が江戸で流行る。

もちろん、江戸は徳川家の旗本たちや各地の大名の江戸屋敷に住む武士たちが構成している都市でもある。だから彼らを中心に廻っている世界であって、こちらは狩野派的な世界といえる。武家世界の表現を狩野派が引き受けているのである。その武家の世界を支えているのは儒教であり、江戸時代の中心的思想ともいえるが、その思想世界を視覚化するのが狩野派の一つの役割でもある。町人の美意識の現れである「粋」に対し、武家の方は思想の表現である儒教的なものが重要なのである。

江戸という都市には武家を中心とする政治性があり、一方で町人を中心とするいわば反政治性がある。町人には、お上の言うことには心情的に反発しながら、自分たちは自分たちで生きているんだという意気がある。狩野派に対する浮世絵だ。

これに対し、京には円山・四条派がある。武家がほとんどいない京には、浮世絵のような反政治性はなく、むしろ非政治性とでもいうべき世界がある。「政治みたいなもんはどうでもよろしおすやないか」というように、軽くいなしてしまう、したたかさのようなものが円山・四条派を中心とする京派の絵にはある。それは遠い昔に政治権力を武家に奪われた公家のしたたかさとも一致するようだ。江戸の思想性とか

「粋」とかに対比していえば、非思想性、情趣性や抒情性のような詩的なもの、花鳥諷詠に身を委ねるようなところが京派にはあるように思われる。

円山派は江戸時代中期、丹波から京に出てきて画家になった円山応挙《まるやまおうきょ》が始めた画派で、応挙も多くの画家同様、初め狩野派系の石田幽汀《いしだゆうてい》に学んだのだが、やがてその粉本《ふんぽん》主義に疑問を感じる。粉本主義というのは絵を勉強するに当たり、実際のものを見て描くのではなく、師の手本を見てそれを真似るというのがほとんどのような修学の仕方で、狩野派にはそんな伝統があった。様式を継承することが重要なのである。しかし応挙はそれに満足せず、もっと本当らしい絵を描きたいと考えるようになる。というのも、長崎を通じて少しずつ入ってきていた西洋のリアリズム表現に興味を持ち、また時代も少しずつ実証主義的、合理主義的な考え方に向かっていたのである。応挙は実際に眼鏡絵の制作もしていて、遠近法（透視図法）の研究もしていたようだが、従来の方法では満足のいく絵が描けない。そこで考えたのが実際に対象を目の前にしてその姿形を正確に写しとることであった。

ある時、猪の絵を依頼された応挙が、岩倉の方に猪がいると聞いて写生してきて絵を描いたところ、たまたま鞍馬から来た猟師はこの猪は病気だという。依頼者は当然猛々しい猪の絵を期待していたのだが、その後、写生した猪が間もなく死んだことを知った応挙は、自分が写生した猪はすでに生気が失われていた猪であり、猪らしい猛々しいその生命が写せていなかったことを悟ったのである。実物に当たっての写生をきわめても、そのもの本来の生命が抽出されていなければ意味がないのである。もちろんこれはエピソードに過ぎないし、話としての矛盾もあるが、一つの真実を衝いていることも確かである。写生とはまさに生を写すということなのである。

一方、当時の京では南画が流行しており、池大雅《いけのたいが》や与謝蕪村《よさぶそん》という大家がいた。蕪村は今では俳人としての方が有名かも知れないが、当時は画家として知られていた。その蕪村の門下に松村月渓《まつむらげっけい》、またの名を中国風に呉春《ごしゅん》と名乗る人がいた。呉春は蕪村の俳諧の弟子であり、絵の弟子でもあったが、蕪村没後、改めて円山応挙に就くことになる。そこで呉春は南画の上にさらに写生派を加えることになり、両者を独自に融合して新しく四条派を開く。四条派というのは呉春が四条通東洞院に住んでいたからの命名である。駄洒落のようだが確かに詩情を感じる作風であり、写生と文学性が融合した瀟洒な画派である。蕪村の山水図などを見ると、山の優しい感じといい、樹木の芽吹いたような柔らかい感じといい、日本の風土に忠実な自然を描いて、しかも点景人物がいることで自然と人の暮らしの間にある親密さが感じられる。しかし、描かれた風景は蕪村の心の中にある理想的世界である。これを「写意」と呼んでいる。画家と描く対象のこころが一体となったところに生まれる表現世界である。これに対し、応挙の《青楓瀑布図》では、実際の瀑布の写生によってしか成り立たない臨場感がある。しかし、ただ写生をしただけではなく、もっと気持ちの入ったものがあり、先程の猪の話ではないが、形態だけが似ているのではなしに自然の生命のようなものが応挙の感動によって捉えられ、表現されている。

この二人の作品が持つ要素を融合し、より醇化し、蕪村でもない、応挙でもないものとして完成したのが四条派の祖呉春で、《白梅図屏風》などは呉春的なものをもっともよく示している。この方向をより純化した弟の松村景文《まつむらけいぶん》も忘れてはならない存在である。このような世界をもっともよく表現できる画題は花鳥であって、非政治性、非思想性という点から考えても、また、抒情性、情趣性という点から見ても、恰好の画題だったのである。そしてそれは京の町人たちの床の間にはよく似合うのであった。

五．「雅」の再生

もちろん、京の天皇や公家たちの間で長く愛好されたのは大和絵《やまとえ》であり、これこそ皇都《みやこ》の絵として「雅」の世界を代表する絵であったことはいうまでもない。鎌倉時代を例外として、八世紀末以来、政治、経済、文化が京に一極集中していたから他と比較しようもない。その大和絵の正統を継ぐのが室町時代に興った土佐派で、それ以後も天皇や公家たちの世界を象徴するものであった。それは江戸時代中期に至って文化が二極化すると、江戸の武家世界で好まれた狩野派と対比する画派として位置づけられるだろう。それはまた、江戸狩野に対する京狩野、江戸の浮世絵に対する京の四条派に対応するものでもある。しかし、江戸時代も後期になると、冷泉為恭《れいぜいためちか》らの復古大和絵派が興るなどのこともあったが、大きな流れとしてはそれぞれの画派が接近して、一つの時代や地域の文化を象徴する絵画世界に集約していく。

京の御所は何度も火災に遭い、その都度再建されているが、寛政度の御造営に際して、その障壁画の揮毫には土佐派や京狩野派の絵師の他に、円山派や岸派、原派などの町絵師が初めて参加し、安政度の御造営になると円山・四条派が圧倒的多数を占めるようになる。これは写生派を好むようになった時代の変化を示すものであると同時に、京における公家社会と町人社会の接近、あるいは親近感の定着ということを示すものでもあろう。また別の面から見れば、応挙以来時を経て写生派が少しずつ写生を忘れ、様式としての伝統を重んじるようになっていったという事情もある。写生派のなかに京の美意識が溶け込み、写生がより雅になったのである。江戸においても、武家階級出身者が浮世絵を描いたり、酒井抱一が琳派を復

図4　上村松園　舞仕度（京都国立近代美術館蔵）

興させるなど、類似の事態は起こっている。しかし、結局は、江戸では江戸らしい、京では京らしい世界であることに変わりはない。この差異が生まれてくるのは、その地域の持つ歴史性や自然風土、文化風土、それから派生するひとびとの気風や美意識などさまざまなものによってであろうが、それは明治以降も変わることがないのである。天皇が東京に遷られ、公家がいなくなっても、京都には「皇都《みやこ》」らしい空気が都市を覆っているのである。

近代の例として、東京を代表する横山大観《よこやまたいかん》と京都を代表する竹内栖鳳《たけうちせいほう》を比べて見ると、同じ富士山を描いても随分違う。大観の富士は峻険《しゅんけん》で神々しく、勢いのある姿であるが、栖鳳の富士は悠ったりと穏やかで、どことなく甘美ささえ漂う。京都風にいえば「まったり」「はんなり」としているのだ。美人画に

図５　福田平八郎　花の習作（京都国立近代美術館蔵）

おいて東西を代表する鏑《かぶら》木《き》清方《きよかた》と上村松園《うえむらしょうえん》を比較しても、その違いは「粋」に対する「優美」という言葉で表現できる。京都という都市が古くから培ってきたものがそこに現れているのであり、それこそが今なお残る「京の雅」というものなのであろう。

しかし、この「まったり」「はんなり」「優美」が古めかしさを帯びないためには、常に新感覚を盛り込む必要がある。それを可能にするのが写生であった。栖鳳は明治三十三年の渡欧体験によって京都画派伝統の写生の重要さに改めて自信を持ち、明治の京都画壇を指導した。四条派を学んだ栖鳳は当然「写意」、あるいは抒情表現をもっとも重視するのだが、その実現のために改めて「写生」を強調したのである。この方向は単に栖鳳芸術の特徴としてではなく、京都画壇全体の特徴として再び定着していった。その結果、戦後の京都画壇の画家たちにもこれは継承され、福田平八郎の《花の習作》【図5】、小《お》野《の》竹喬《ちっきょう》の《奥の細道句抄絵》連作、徳岡神泉《とくおかしんせん》の《富士山》など、作例はいくらでも挙げることができる。

ところで、今までに作例を挙げてきた京（京都）の画家たちの出身地を見てみると、京に生まれた人もいるが、一方で、他の地方から京に上ってきた人も多いのに気づく。江戸時代以降を見ると、宗達、光琳、呉春、栖鳳、松園らは京の生まれだが、応挙は丹波、蕪村は摂津あるいは丹後、平八郎は大分、竹喬は岡山と、それぞれに出身地が違う。このことを考えると、出身地だけがその画家の絵を雅なものにしているのではなく、京という都市に暮らすということに意味があるのだと気づく。それこそが京という都市の力であり、そこに「雅」の源があるといえる。

日本画の近代化は画派や地域性の差異を捨て、欧米に対する日本的なものとしての統一的価値を求める方向に展開してきた。しかし、振り返ってみれば、いまだに東京と京都の差異は縮まらないままである。

肥大化し雑居化した東京にはすでに伝統文化を維持する力がないのに比べ、京都は都市としての適度な規模のなかで伝統文化を護り、日本画においては伝統としての「雅」のなかに絶えず写生という生気を吹き込むことを忘れなかったからである。その意味で江戸時代の応挙と明治時代の栖鳳の存在は実に大きい。「雅」の伝統と「写生」による生気の更新、これこそ京都の日本画を語るキーワードなのであり、「雅」もまた絶えず再生されることで「雅」たりうると思うのである。

立命館大学京都文化講座「京都に学ぶ」3

京の荘厳《しょうごん》と雅《みやび》

2009年5月2日　第1刷発行

【企画・編集】
立命館大学文学部 京都文化講座委員会
〒603-8577　京都市北区等持院北町56-1
電話　075-465-8187
FAX　075-465-8188

【編集協力】
株式会社 白川書院

【表紙・本文デザイン】
鷺草デザイン事務所　尾崎閑也

【発行】
株式会社 白川書院
〒606-8221　京都市左京区田中西樋ノ口町90
電話　075-781-3980
FAX　075-781-1581
振替　01060-1-922
URL　http://www.gekkan-kyoto.net/

【印刷・製本】
中村印刷株式会社

ISBN978-4-7867-0056-9　C0021